romanzo

ALISON GREY

Nota dell'autrice

La storia che state per leggere è ambientata in Germania. Per capire meglio la situazione di Christina, ecco una sintesi del sistema scolastico tedesco.

Vi sono tre tipi di scuole superiori; l'*Hauptschule* è quello che, di solito, frequentano i ragazzi con i voti più bassi. I diplomati dell'*Hauptschule* trovano impieghi a salario minimo, oppure passano a scuole di specializzazione finalizzate al lavoro. In seguito, se lo ritengono, possono riprendere gli studi per ottenere l'*Abitur*, un diploma diverso che consente l'accesso all'università o a professioni più qualificate.

Hot Line

«Ciao, io sono Chantal. Grazie per avermi chiamata» sussurrò Christina al telefono.

«Uhm, ciao» disse una voce femminile dall'altro capo della linea.

Christina corrugò la fronte. Era raro che la chiamassero delle donne. In realtà non le sarebbe affatto dispiaciuto – anzi. Preferiva le clienti femmine perché di solito usavano un linguaggio meno osceno. E le chiamate duravano più a lungo, quindi erano più proficue. Perlomeno, così era stato con le tre chiamate da parte di clienti donne ricevute nei quattro mesi da quando aveva iniziato a lavorare per la linea erotica.

«Mi hai chiamata proprio al momento giusto. Mi stavo spogliando per fare un bel bagno caldo». Christina aveva il tono di chi sta rivelando un segreto. «Ti va di unirti a me?»

«Non possiamo... solo parlare?»

La donna all'altro capo della linea non sembrava molto eccitata. Pareva non fosse affatto interessata ai suoi "servizi". Ma allora perché aveva chiamato una linea erotica alle due di mattina? «Tesoro, con me puoi fare tutto quello che vuoi». La frase, pronunciata a voce bassa, non mancava mai di eccitare i clienti uomini.

«Non voglio farti niente. Ma mi piacerebbe raccontarti la mia giornata».

Christina sollevò le sopracciglia. Questo gioco le mancava. *Va bene, perché no?*

«Come ti chiami?» chiese, continuando a usare il tono più sensuale e seducente che poteva.

«Linda». Dalla voce, sembrava giovane.

«Okay, Linda, raccontami la tua giornata».

Dal telefono giunse un sospiro. «È il mio compleanno. O meglio, lo era ieri».

«Oh, buon compleanno, allora». Non era la prima volta che i clienti rivelavano di compiere gli anni sperando di non dover pagare. Ma le donne non erano così ingenue.

«Grazie. Ne ho compiuti... ventinove».

Christina sorrise. Aveva indovinato: la ragazza era giovane. Dalla voce, ne dimostrava persino di meno. *Sempre che dica il vero.* Comunque, non importava. Vent'anni o ottanta, compleanno o anniversario delle nozze d'oro, come si era sentita raccontare il giorno prima, i clienti le portavano soldi, fintanto che Christina riusciva a tenerli al telefono.

«Hai festeggiato?»

Linda non rispose subito. Dopo una lunga pausa, disse a bassa voce: «Ho passato la giornata al cimitero. Quando sono tornata a casa volevo ubriacarmi, ma poi ho cambiato idea e sono rimasta a fissare il muro per il resto della serata».

Wow, questa tipa aveva problemi seri. Ma perché chiamava una linea erotica invece di andare da uno strizzacervelli? Christina scosse la testa. Ogni minuto di conversazione le fruttava due euro, perciò tanto valeva che facesse lei la parte del terapista. «Come mai sei andata al cimitero?» Si concesse di usare il proprio tono di voce naturale. Questa cliente, Linda – sempre che fosse il suo vero nome – non era interessata al sesso telefonico. O se lo era, era una versione parecchio perversa.

«Ci sono seppelliti i miei genitori. Sono... sono morti esattamente quattro anni fa. Stavano venendo a trovarmi per festeggiare il mio compleanno». Linda trasse un respiro scosso. «Un camionista si è addormentato al volante e si è schiantato contro una fila di macchine ferme in coda. L'ultima della fila era quella dei miei genitori». Fece qualche secondo di pausa, poi riprese: «Sono morti sul colpo».

Christina evitò di immaginare come doveva sentirsi la donna all'altro capo della linea. Aveva imparato a tenere le emozioni separate dal lavoro. «Mi dispiace tanto».

Nessuna risposta.

«Hai fratelli o sorelle?»

«No». Con un singhiozzo, Linda aggiunse: «Eravamo solo io e i miei genitori».

Probabilmente era un errore porre la domanda diretta, ma Christina era troppo curiosa. «Linda, perché oggi sei rimasta sola?»

«*Perché non ho nessuno*». *La voce della donna si spezzò.*

Merda. Sta piangendo? Christina strinse forte le labbra. Cosa poteva fare, l'impiegata di una linea erotica? Accidenti. Nemmeno le sorelle la chiamavano per confidarle i loro problemi perché la credevano insensibile. «*Ehi, Linda. Non piangere. Andrà tutto bene*».

Linda si soffiò il naso, dopodiché disse: «*Aiuto la gente*».

Eh? «*Che vuoi dire?*»

«*Sono... sono una terapista. Una psicologa*».

E questo che cosa c'entra?

«Lavoro sempre a contatto con le persone. Ho uno studio mio. Esco di casa il mattino presto e rincaso la sera tardi».

Strizzacervelli e stacanovista. Ma era tutto vero? E perché lo veniva a dire a lei? Voleva vantarsene?

«Non ho famiglia né amici. Nessuno. Nemmeno dei colleghi».

Lentamente, Christina cominciò a intuire dove volesse andare a parare. «Come mai?»

Per un attimo, dal telefono giunse solo il respiro di Linda.

«*Non lo so*».

Andiamo. Christina scosse la testa. Una terapista che non riusciva nemmeno a comprendere se stessa? «*Davvero?*»

«Visto il mestiere che faccio, suppongo che la scusa che non mi piacciono le persone non sia molto credibile, eh?»

«No, infatti». Christina rise.

Linda espirò l'aria. «La gente mi spaventa. Finché è su base professionale, è facile interagire; mi piace dare consigli, guidare le persone verso la direzione giusta. Ma un conto è il lavoro, un conto è frequentare qualcuno nel privato».

D'accordo, ma niente di tutto ciò spiegava il perché della chiamata alla linea erotica. «Perché mi hai chiamata?» domandò Christina.

Linda rise, una risata amara. «L'hai detto tu prima: con te posso fare quello che voglio».

Christina si staccò la cornetta dall'orecchio per fissarla. La risposta l'aveva colta di sorpresa. Dopo un istante di silenzio, si schiarì la voce. «Cosa vorresti fare, Linda?» Il tono si era fatto più profondo. Il ruolo di Chantal era la sua ancora di salvataggio.

«Vorrei che mi stringessi».

«Ma certo» disse Christina. «È proprio quello che sto facendo».

4

«Se escludiamo le strette di mano, è più di un anno che nessuno mi tocca».

Christina aggrottò la fronte. Questa donna doveva sentirsi tremendamente sola. «Ti sto stringendo forte». Cercò di risultare il più affettuosa possibile. *Povera donna. Mi sa che dice la verità. Chi mai si inventerebbe una storia del genere?* Perché non si cercava una prostituta? Poteva perlomeno chiedere un contatto fisico, se non voleva farci sesso. Sempre che le piacessero le donne. Finora, non c'erano stati indizi né in un senso né nell'altro. *In ogni caso, non ha importanza.*

«Grazie. Chiunque tu sia».

«Sono Chantal».

«E io Linda, ma sono abbastanza sicura che tu stia mentendo. Capisco che tu non voglia dirmi il tuo vero nome, ma per favore, non raccontarmi bugie».

Christina tacque. Poi sentì la propria voce che diceva: «Christina». *Che stai facendo? È una cliente.* Saltò giù dal letto, marciò fino alla scrivania e si lasciò cadere sulla sedia, facendola scricchiolare persino più del solito. Era la prima e ultima volta che rivelava il suo vero nome a una cliente. Era una cosa troppo personale: adesso Linda avrebbe parlato con lei, con Christina, invece che con la schiava del sesso cibernetico.

«Piacere di conoscerti, Christina».

Silenzio. Aveva già detto troppo.

«Spero di non annoiarti. Mi piacerebbe parlare ancora un po'».

Christina sorrise. Chi se ne fregava di cosa parlavano? Purché le facesse fare soldi. «Va bene».

«Sono sola al mondo. L'unica cosa che non mi manca è il denaro. Non mi importa se devo pagare tre centesimi o tre

5

euro al minuto. Mi piace la tua voce – la tua voce normale. E mi piace parlare con te. Perciò, se non sei troppo annoiata, mi piacerebbe continuare... beh, finché non stacchi, almeno».

Dopo un attimo di silenzio, Linda aggiunse, con voce quasi timida: «Fino a quando lavori?»

Christina si appoggiò allo schienale. «Di solito le quattro o le cinque. Dipende dalla serata. Ma non c'è un orario prestabilito. Possiamo parlare finché vuoi». Sarebbe stata una notte molto proficua. Christina si sfilò le pantofole e appoggiò i piedi sul letto.

«Se sei stanca dimmelo».

«Tranquilla, dubito che capiterà».

«Perché dici così?»

Accidenti! Prima il nome, e adesso questo. «Così».

«Ti avevo chiesto di non dirmi bugie». Linda sembrava delusa e infastidita al tempo stesso.

Come diavolo ha fatto? Doveva essere davvero una terapista. Le stava strappando più informazioni di quante Christina volesse rivelare. Ma l'insonnia non era un argomento di conversazione da proporre a una cliente. Questa chiamata le era già sfuggita abbastanza di mano. «Non mi va di parlarne».

«Okay, come vuoi». *Linda sospirò.* «Allora dimmi come sei fisicamente. Nel senso... veramente».

Adesso basta. Linda stava violando tutte le sue regole. Christina le rispose, con voce decisa ma non brusca: «Va bene il sesso telefonico. Va bene parlare di te. Ma hai chiamato Chantal, e adesso vuoi parlare con Christina. Non è così che funziona».

Linda rimase zitta, e Christina pensò che avrebbe certamente riattaccato. Poi però la donna prese fiato e disse: «D'accordo, allora voglio parlare con Chantal».

E adesso? Cosa diavolo vuole da me?

«Chantal, dimmi come sei fisicamente». La voce di Linda era cambiata. Sembrava più distante.

Christina strinse la tazza di caffè con la mano sinistra, tamburellando l'indice contro la porcellana. Che fosse il caso di recitare la solita manfrina? Anche se finora con Linda aveva parlato normalmente? *Volevo solo che la smettesse di fare domande.* D'altro canto, nel ruolo di Chantal si sarebbe mossa nel suo elemento. Con voce bassa e sensuale, rispose: «Sono alta uno e settantacinque e sono piuttosto snella. Ho i capelli lunghi e biondi, e un seno molto prosperoso». Perlomeno il colore dei capelli non era una balla. Ai clienti non piaceva sentirsi dire che superava di poco il metro e sessantacinque, pesava più di cinquanta chili e aveva i capelli che le sfioravano le spalle.

«Di che colore hai gli occhi?» chiese Linda gentilmente.

«Blu». Altra risposta standard: il verde non era un colore altrettanto interessante.

Linda non reagì.

«Vuoi sapere che vestiti indosso?»

«Scommetto che sei nuda» rispose Linda.

Christina udì un crepitio all'altro capo della linea. Che Linda stesse mangiando delle patatine?

«Ti piaccio?» chiese Christina, la voce velata.

«Per essere un'illusione, non sei affatto male».

Fa la spiritosa? Devo ridere? Oh, al diavolo. Andiamo avanti. «C'è una cosa di me che è reale: la mia voce. Posso farci un sacco di cose, se me lo permetti»

Silenzio.

«Tesoro, perché non mi dici cosa indossi tu?»

«Visto che abbiamo bandito le risposte vere, diciamo… niente».

Christina strinse più forte la cornetta. Voleva dire a Linda di andarsene al diavolo, ma era una cliente pagante. *Continua. Ignorala. Pensa ai soldi.* «Ottimo. Allora, adesso che sei nuda, magari ti va di stenderti sul letto...?» «Se vuoi sì, ma ti avviso... ho il copriletto di Wile E. Coyote. Non è il massimo della libidine».

Christina scoppiò a ridere. Poi si ricompose e sussurrò, in tono seducente: «Non mi importa del copriletto, se posso guardarti e toccarti».

Dal telefono giunse il fruscio di plastica di un sacchetto di patatine. «Tu sei gay, Chantal?»

«Vuoi che lo sia?»

«Beh, non sono mai stata una con una donna. Sarebbe fico se fossi lesbica. Però spero che non tutte le lesbiche siano aggressive come te, o potrei diventare paranoica se mi trovassi ad averne come pazienti».

Christina digrignò i denti. Quella donna era palesemente etero, e si stava facendo beffe di lei. «Che cosa vuoi, Linda?»

«Oh, ciao, Christina. Che è successo a Chantal?»

Christina sentì il sangue bollirle nelle vene, e si ritrovò a sbuffare nella cornetta come un toro inferocito. Se la conversazione non fosse stata così remunerativa, avrebbe riattaccato da un bel pezzo. «Linda, o facciamo sesso oppure riattacco. Guadagno bene, ma non abbastanza da permetterti di trattarmi in questo modo».

Linda non rispose.

Ha riattaccato?

«Io sono lesbica».

Christina inarcò le sopracciglia. *Che cosa?* «Ma hai detto che...»

«Che non sono mai stata con una donna. Neanche con un uomo». Dopo una pausa, aggiunse: «Ma credimi, sono lesbica».

A che gioco giocava? Linda aveva ventinove anni. Era impossibile che fosse ancora vergine. Giusto? «È uno scherzo?» *Accidenti, ho di nuovo usato la mia vera voce.*

«No. Chantal?»

«Sì?»

«Tu sei lesbica?»

Ovviamente la domanda non era rivolta a Chantal. «Sì».

Linda non rispose.

Maledizione, perché non riesco a tenere la bocca chiusa? Questi non sono affari suoi.

«Vorrei farti ancora una domanda, dopodiché giuro che la smetto di chiederti cose personali. Ci stai?»

Christina inspirò a fondo prima di espirare lentamente. «Dipende dalla domanda».

«Quanti anni hai?»

«Trentuno».

«Grazie».

Christina rimase zitta.

«D'accordo, Chantal, riprendiamo pure la sceneggiata».

«Oh, tu sì che ci sai fare con le donne».

«Chi l'avrebbe mai detto, eh? No, sul serio, dopo come funziona?»

Christina sbatté le palpebre. «In che senso?»

«Cosa fanno i clienti dopo che... uhm... dopo che sono venuti? Riattaccano?»

«La maggior parte sì».

«E gli altri?»

«O chiedono un secondo round, oppure vogliono scambiare qualche chiacchiera».

«Okay, il secondo round è fuori questione, visto che ci manca il primo» disse Linda. «E non sono in vena di chiacchiere. Esiste un piano b?»

«Potremmo sbrigare il primo round».

Linda fece una risatina.

Che suono grazioso. «Ho una domanda» disse Christina.

«Spara».

«Perché non vuoi fare sesso telefonico?»

«La verità?»

Christina scrollò le spalle. «Ovvio».

«Mi piacerebbe un sacco provare. Non l'ho mai fatto, però penso che potrebbe valerne la pena».

«Ma?»

«Non voglio farlo con un'illusione. Voglio una donna. Una donna vera, se capisci quello che intendo».

«Mi dispiace» rispose Christina. «Ma non posso accontentarti».

«Lo so». Le parole di Linda erano poco più di un sussurro. Dopo qualche istante, domandò: «Tu andresti a letto con qualcuno per soldi?»

Christina sbatté le palpebre. *E questo che cosa c'entra?* «Intendi dal vivo? Per davvero?»

«Esatto».

«No».

«Nemmeno per mille euro?»

«No».

«Cinquemila?»

Christina rise. «Nessuno pagherebbe cinquemila euro per andare a letto con me».

«Mettiamo il caso di sì».

Christina ci rifletté un attimo. «Uomo o donna?»

«Donna. Di bell'aspetto».

Mhmm. «Lo farei per diecimila».

«Diecimila euro?»

«Sì».

«E se fossero ottomila?»

Christina scosse la testa. Che conversazione sciocca. Ma chissà perché, la divertiva questo assurdo mercanteggiare. «Per una volta?»

«Per una notte intera».

«Brava a letto?»

«Non si sa».

Christina rise. Il gioco era durato anche troppo. «Non spenderesti mai ottomila euro per una notte insieme a me senza nemmeno avermi vista».

«Vuoi la verità?»

«Sì».

«Sì che li spenderei».

La risata di Christina si spense. *Dice sul serio?* «Tu sei matta».

«E tu puoi guadagnare ottomila euro, se ci stai».

«No».

«Che vuol dire, no?»

«Che non ci sto».

«Ma avevi detto di sì».

Christina alzò gli occhi al cielo. Non poteva dire sul serio. «Stavo scherzando».

Silenzio.

«Ma se ci stai, ti darò i soldi».

«Perché?»

«Che vuol dire, perché?»

«Perché vuoi darmi tutti quei soldi? Magari peso una tonnellata e sono brutta come la morte».

«Spero di no».

«Ma se fosse così?»

«Allora pace. Almeno farei sesso con una donna vera».

«Tesoro, per fare sesso non devi pagare tutti quei soldi. Per un centinaio di euro puoi farti un giro con qualsiasi puttana in circolazione. Perlomeno, con quelle che ci stanno ad andare con le donne».

«Sarebbe solo un'illusione».

E con me no? Perché non si trova una fidanzata? «Potresti andare in un locale gay e rimorchiare qualcuno».

«E se fossi brutta come la morte?»

Christina ridacchiò. «Non credo tu lo sia».

«Oh, e perché?»

«Hai detto di essere di bell'aspetto».

«Quindi mi stavi a sentire. Ma non vuol dire niente».

«Qual è il vero motivo, Linda?»

«Voglio sapere in anticipo cosa mi aspetta. E non voglio rimorchiare una donna a caso. Magari è una che va con tutte».

Questa storia diventava più strana ogni secondo che passava. Per quanto ne sapeva Linda, anche lei poteva essere una che andava con tutte. «Hai paura delle famigerate malattie sessualmente trasmissibili?»

«No, ma visto che l'hai tirato in ballo... tu ne hai?»

«No. E tu?»

«Divertente, Christina».

«Oh, scusa. Mi ero dimenticata».

«Allora, ci stai?»

Calò il silenzio.

Ottomila euro. Ottomila! Avrebbe finalmente potuto pagare la bolletta del riscaldamento; avrebbe potuto anticipare l'affitto dei prossimi mesi, e persino comprarsi un portatile. Pfff, potrei persino farmi una vacanza, e mi avanzerebbe ancora qualcosa per le emergenze. «*Parliamo di sesso normale? Senza giochetti o roba strana?*»

«Una prima volta innocente... e magari una seconda e una terza, a seconda di come vanno le cose».

Christina sentì il cuore partire al galoppo. «D'accordo».

«Dici davvero?»

«Sì». Le tremava la voce. *Non ci credo che...*

«Fantastico». Linda si schiarì la voce. «Ecco le mie condizioni: faremo entrambe il test per le malattie sessualmente trasmissibili. A mie spese. Poi ci metteremo d'accordo per vederci, e usciremo a cena insieme. Preferenze?»

«No». Christina aveva voglia di vomitare.

«Va bene, sceglierò io un posto. Dopo cena, torneremo a casa mia. E allora... lo sai».

Christina deglutì. «Faremo sesso».

Dal telefono risuonò un lungo sospiro. «Sì. E vorrei che ti fermassi fino al pomeriggio successivo. Dopodiché avrai i soldi».

«Come faccio a essere sicura che mi pagherai?»

«Hai qualche proposta?»

«Non saprei».

«Se te ne dessi tremila prima e cinquemila dopo?»

«D'accordo». Probabilmente avrebbe accettato anche per tremila. Aveva un gran bisogno di soldi.

«Dove vivi?»

«Come?»

«Dove vivi, in che città?»

«Colonia. E tu, Linda?»

«Berlino».

«Quando lo vuoi fare?» Christina sussultò. La frase le era uscita male.

«Fra due settimane?» Linda non sembrò notare l'ambiguità della domanda.

Christina controllò il calendario alla parete. Esclusa la prova di matematica da lì a tre settimane, non aveva impegni per quel mese. «Okay. Ma dovrai darmi i soldi per la benzina».

«Niente benzina, passami le coordinate bancarie per inviarti il denaro per gli esami medici e il biglietto aereo».

«Biglietto aereo?»

«Certo. Perché prendere il treno o la macchina? Con l'aereo arriverai in un'ora».

«Ma così dovrò darti il mio nome completo».

«Christina, non sono una stalker psicopatica. Ma se preferisci, posso depositare il denaro presso un avvocato di tua scelta».

«Un avvocato?»

«Certo, un intermediario. Così, nessuna delle due saprà il cognome dell'altra».

«D'accordo».

«Se richiamo a questo numero domani sera, risponderai sempre tu?»

«Ti do il numero dei miei clienti regolari. Il prezzo è lo stesso, ma rispondo direttamente io».

«A che ora vuoi che ti chiami?»

«Alle sette sarebbe perfetto».

«Sarò con un paziente».

Così tardi? Accidenti, è proprio una stacanovista. «Quando *puoi?»*

«Alle otto?»

«Va bene».

«Christina?»

Dopo un attimo di silenzio, Linda chiese: «È vero che sei grassa e brutta?»

Christina rise. «No».

Sentì un crepitio: era Linda che sospirava nella cornetta. Christina rise di nuovo.

«Hai una bella risata» disse Linda. *«Mi piace sentirti ridere».*

Cosa devo risponderle? Christina rimase zitta.

«Dormi bene, allora. Oh, e prova col latte caldo e miele».

«Che cosa?»

«Per l'insonnia».

«Come fai a...»

«Intuizione. Buonanotte».

«Buonanotte». Christina terminò la chiamata e rimase a fissare il vuoto. L'avrebbero pagata per dormire con una sconosciuta. Sentì lo stomaco rimestarsi. Ma aveva bisogno di soldi. Non sapeva cosa capitasse dopo due solleciti di pagamento, ma non ci teneva a scoprirlo. Si lasciò cadere sul letto. Pregò che Linda non le avesse mentito. Che volesse davvero fare un accordo del genere, e che non fosse così brutta.

<hr>

Linda sbirciò da una finestra dell'appartamento al terzo piano e osservò la strada ben illuminata. Il taxi sarebbe arrivato da un momento all'altro.

Erano passate due settimane da quando aveva chiamato la linea erotica e stipulato l'accordo con Christina. *Non ci credo che stasera farò sesso. Con una sconosciuta. Ma l'ho voluto io.* Chi se ne fregava dei soldi? E se non fosse riuscita ad andare fino in fondo e si fosse resa ridicola? E se Christina avesse cambiato idea? E se...?

Un taxi si fermò di fronte al palazzo.

Oddio, eccola. Non ce la faccio. Forse dovrei annullare tutto? Che scempiaggine. Linda distolse lo sguardo. Non osava guardare dalla finestra per vedere come fosse fatta Christina. Quando suonò il campanello, si affrettò al citofono.

Qualche secondo dopo, si ritrovò a sbirciare dallo spioncino la luce che si accendeva nelle scale. Udì un rumore di passi in avvicinamento.

Linda controllò un'ultima volta il proprio riflesso nello specchio accanto alla porta. Con dita tremanti, si spostò una ciocca di capelli dietro l'orecchio. Erano lunghi appena a sufficienza. *Le piaceranno i miei occhi azzurri? Forse ho fatto male a mettere questo vestitino blu. È troppo scollato. E i tacchi in tinta... Oddio, penserà che sono una gallina senza cervello.*

I passi sulle scale si allontanarono fino a sparire.

«Accidenti» esclamò Linda.

A quanto pareva, Christina stava salendo al quarto piano.

Linda inspirò a fondo e aprì di colpo la porta. In quell'istante, la luce del corridoio si spense. Premette l'interruttore per riaccenderla. «Uhm, sono qui» la chiamò.

I passi tornarono ad avvicinarsi. Christina scese le scale, ma si interruppe quando incontrò il suo sguardo.

«Christina?»

Un cenno del capo in risposta.

Rimasero a scrutarsi senza muovere un muscolo. Christina era bellissima. Corpo perfetto, capelli biondi sulle spalle, e un viso splendido da mozzare il fiato. *Sembra così... innocente.* Chi avrebbe mai pensato che una donna che si guadagnava da vivere presso una linea erotica potesse avere quell'aspetto?

Con passi esitanti, Christina si avvicinò prima di fermarsi a circa un metro di distanza.

Linda era leggermente più alta, per cui doveva abbassare lo sguardo per mantenere il contatto visivo. *Oddio, spero tanto che non pensi che la guardo dall'alto in basso.* Christina indossava jeans sbiaditi e una canotta bianca. In una mano portava un borsone nero. «Ciao» disse. Le tremava la voce?

«Ciao» Linda fece un passo indietro. «Prego, entra». Lo sguardo di due occhi verde brillante. Poi Christina chinò il viso ed entrò nell'appartamento.

Linda chiuse la porta con entrambe le mani.

Christina si fermò sulla soglia e la studiò dalla testa ai piedi.

Linda si schiarì la voce. «Il bagno è la seconda porta sulla destra. Ti ho lasciato dei vestiti per stasera». Dopo un'ultima occhiata, aggiunse: «Sei una quarantadue, giusto?»

Christina annuì e si avviò in bagno senza nemmeno guardarsi intorno.

———— ·⊰⊱· ————

Che cosa ci faccio qui? Christina fissava lo specchio del bagno. Il viso che la scrutava di rimando pareva appartenere a un'estranea. Guardò il pavimento. *Non ci pensare.*

L'ultima cosa che si aspettava era che ad aprirle la porta ci fosse una donna così bella. *Bella? Chi vuoi prendere in giro? È uno schianto.* Snella, con due gambe che non finivano più, occhi azzurri, e capelli scuri che le arrivavano al mento... Linda sembrava una fotomodella. E quel vestito... Mai visto qualcuno tanto attraente di persona. Christina spostò lo sguardo sulla gruccia appesa alla doccia. Con sospetto, controllò la taglia dell'abito da cocktail. *Sembra più una quaranta.* Scosse la testa. Non aveva importanza. Aderente o meno, di solito si rifiutava categoricamente di indossare abiti eleganti. Specialmente quando consistevano in un fazzoletto di tessuto che avrebbe a malapena coper—

«Uhm, ti va di bere qualcosa?» chiese Linda da dietro la porta chiusa.

La domanda la strappò a quei pensieri. «Sì, grazie. Magari un bicchiere d'acqua?» Aveva la bocca asciuttissima.

«D'accordo... te lo preparo per quando avrai finito».

Wow, che voce tremula. *È nervosa quanto lo sono io.* Christina inspirò a fondo prima di spogliarsi. Poi si infilò il vestito che doveva essere costato una piccola fortuna.

Dopo un'attesa che parve durare un'eternità, la porta del bagno si riaprì. La prima cosa che Linda vide fu una delle due décolleté rosse. Quindi Christina apparve in tutto il suo splendore. Linda rimase senza fiato. *Dio, è meravigliosa.*

Indossava l'abito di Ralph Lauren che aveva comprato lei. Il vestito terminava sopra il ginocchio e le metteva in risalto le curve morbide. Le gambe e le braccia un filo muscolose la facevano apparire femminile e atletica al tempo stesso.

Linda sentì la pelle d'oca sulla schiena. «Sei bellissima» sussurrò.

Christina spostò il peso da una gamba all'altra, e si tirò con la mano l'orlo del vestito. «Grazie». Le lanciò un'occhiata fugace. «Anche tu». La voce era a malapena udibile.

Rimasero a fissarsi, una di fronte all'altra. Entrambe immobili.

Poi Linda si ricordò del bicchiere d'acqua sul cassettone. Lo afferrò e imprecò sottovoce quando dal bordo cadde un po' d'acqua.

Esitando, Christina fece un passo avanti e lo prese. Le dita si sfiorarono, facendola bloccare di colpo.

Linda si sentì invasa dal calore. Si costrinse a sorridere e ritirò la mano. «Scusa». Quando Christina aggrottò la fronte, aggiunse: «Per aver versato l'acqua». Prese a scrutarsi le scarpe. «Sono proprio nervosa». Per un tempo interminabile, non udì altro che la tv che proveniva dall'alloggio accanto, quello della signora Riegler.

Poi Christina fece un passo avanti e si fermò a un soffio di distanza. Con la mano libera, le prese dolcemente il mento e lo sollevò fino a incontrare il suo sguardo. «Lo siamo tutte e due». Linda scorse un movimento agli angoli della bocca, come se la donna cercasse di sorridere.

Stai calma. Andrà tutto bene. Si schiarì la voce e accennò un sorriso. «Uhm, sarà meglio che pulisca». Guardò l'acqua sul pavimento. «Poi possiamo andare». Sfrecciò nella stanza attigua e disse, a voce alta: «Ti piace la cucina italiana?» Qualche istante dopo tornò in corridoio con un panno. «Eh?»

Christina sbatté le palpebre. «Come, scusa?»

Linda si inginocchiò per asciugare l'acqua mentre la guardava dal basso. *Gran belle gambe.* Sentì le guance avvampare, e spostò lo sguardo sul viso di Christina. «Ti piace la cucina italiana?»

«Oh, sì. Certo». Christina si portò il bicchiere alle labbra e lo svuotò in un'unica sorsata.

«Ottimo». Linda si rimise in piedi, posò il panno sul porta ombrelli, e prese la borsetta dal cassettone. «Andiamo?»

Christina si sporse e appoggiò il bicchiere sul ripiano, sfiorandole il braccio con le dita.

Il respiro di Linda accelerò, e il cuore le martellò nel petto. Ma prima che potesse reagire, Christina fece un passo indietro. Linda aveva la bocca secca come il Sahara. *Dovrò prendermi un drink appena arriveremo al ristorante.* Con quel pensiero, aprì la porta.

Christina seguì Linda verso la coupé bmw nera. Non era una grande esperta di automobili, ma quella lì aveva l'aria di essere molto costosa.

Invece di aprire lo sportello sul lato conducente, Linda si fermò accanto a lei.

Che sta facendo?

Premette un bottone sulla chiave dell'auto, aprì la portiera del passeggero e le fece cenno di salire.

Wow. Nessuno le aveva mai usato tanta cortesia. Ora che finalmente trovo un cavaliere, è la donna che mi ha pagato per dormire insieme a lei. Il pensiero fu come un pugno allo stomaco. Christina sprofondò nel sedile di pelle nera.

Linda richiuse la portiera e passò sul lato conducente.

Christina rimase a osservare il cruscotto. Sembrava fosse stato pulito di recente. *Con Linda sembra tutto così perfetto. Bella casa, bella macchina, bell'aspetto... eppure è la stessa donna che ha chiamato una linea erotica il giorno del suo compleanno, pur di avere qualcuno con cui parlare.*

Quando Linda prese posto dietro al volante, l'abito corto le risalì un poco per le gambe.

Alla vista delle cosce sode, Christina si leccò le labbra. Un attimo dopo, sentì Linda schiarirsi la voce e sollevò lo sguardo, incontrando i suoi occhi blu. *Che vergogna. Mi ha beccata che le guardavo le gambe.* Christina spostò lo sguardo sul parabrezza. *E allora? È quello che vuole, no?*

Mi stava fissando le gambe? Linda scosse la testa. *Che sciocchezza.*

Ora Christina teneva lo sguardo puntato sul cruscotto.

Si sentirà a disagio? Linda non era mai uscita con nessuno. Non avrebbe saputo dire in che modo, ma se l'era immaginato diverso. Cosa ti aspettavi? La paghi per stare qui. Linda deglutì. E per dormire con te. Serrò le palpebre. Ma prima abbiamo una cena prenotata. Aprì gli occhi e mise in moto la macchina. Per qualche minuto, si concentrò sul traffico del sabato sera.

Christina rimase in silenzio. Sembrava quasi paralizzata.

«Hai ragione. Siamo nervose tutte e due, ed è normale» disse Linda, rompendo il silenzio. «Fa' finta di essere con una che hai rimorchiato. Non pensare ai soldi». Lanciò a Christina un'occhiata furtiva prima di riportare gli occhi sulla strada. «Anche se non so... se andresti a letto con una donna come me, se non ti pagasse». La voce si era fatta più bassa. Cosa pensava Christina di lei? La trovava attraente? E se invece le avesse guardato le gambe soltanto perché credeva di doverlo fare? Perché credeva fosse parte del lavoro?

Christina rimase zitta.

Come aveva potuto Linda illudersi del contrario? La donna non era lì perché lo volesse, ma perché era pagata per farlo. Era quella l'unica ragione.

Posteggiò la macchina in uno dei molti stalli vuoti di fronte al ristorante. A qualsiasi ora del giorno o della notte, il parcheggio era sempre libero. Era quello che le piaceva di questo posto.

Spense il motore. Il silenzio che seguì le risuonò nelle orecchie con un frastuono più forte di un compressore. *Fa' finta di niente.* Prese la borsetta dal sedile dietro e aprì la portiera. Quindi scese dall'auto e la richiuse con una spinta decisa. Si affrettò sull'altro lato del veicolo, ma vide che Christina aveva già aperto lo sportello e stava scendendo da sola. Linda le porse la mano per aiutarla.

Dopo una breve esitazione, Christina la prese e si alzò. Non appena in piedi, la lasciò andare come se scottasse.

È così tremendo toccarmi? Linda pigiò il bottone per chiudere l'automobile. Nella notte risuonò un click seguito dal beep elettronico. Si rivolse a Christina e si sforzò invano di sorridere.

La donna la scrutava con uno sguardo intenso. Poi le porse la mano e le lanciò un sorriso timido.

Linda osservò la mano tesa prima di stringergliela. Solo allora si rese conto che il palmo era gelido come il suo. Raddrizzò le spalle. Mano nella mano, si diressero verso l'entrata del ristorante.

⚬⚬⚬

La porta di vetro permetteva di scorgere l'ingresso del locale. C'era un cameriere in giacca e cravatta, in piedi dietro una specie di banco rialzato, che scrutava un libro aperto di fronte a sé.

Quando Linda aprì la porta e la invitò a entrare, Christina avanzò titubante. Questo posto non era nemmeno lontanamente paragonabile alle tavole calde di cucina italiana che c'erano nel suo quartiere.

Linda si avvicinò al cameriere e gli mormorò qualcosa all'orecchio.

L'uomo annuì e le condusse presso uno dei tavoli dietro il separé.

Scommetto che è il posto riservato agli ospiti speciali.

Il cameriere spostò una sedia da sotto il tavolo e le lanciò uno sguardo incoraggiante. Christina lo osservò perplessa, poi osservò la sedia, e infine sedette. *Wow, che servizio.*

Prima che l'uomo potesse fare altrettanto per Linda, la donna aveva preso posto di fronte a lei.

Entrambe aprirono i menù e si misero a studiarli come se racchiudessero la saggezza del mondo.

Christina trattenne il fiato. Sospettava già che fosse un ristorante di lusso, ma il piatto più economico del menù costava quasi venti euro; il più caro superava abbondantemente i cento. «V-vieni spesso a mangiare qui?»

Linda sollevò lo sguardo. «Solo per le occasioni speciali». La scrutò. «Non preoccuparti per _ prezzi. Pago io».

Chinando il viso, Christina annuì. *Paga sia la cena che me.* Il pensiero le lasciò l'amaro in bocca.

«Sai già cosa ordinare?»

Christina riuscì solo a scuotere la testa.

Il cameriere fu di ritorno al tavolo.

«Posso avere un bicchiere di Cabernet-sauvignon?» Linda spostò lo sguardo dall'uomo a Christina. «Anzi, no. Di Dom Pérignon».

Il cameriere le lanciò un sorriso cortese e si rivolse a Christina. «Cosa posso portarle?»

Qual era la strategia migliore? Christina si picchiettò il dito contro la gamba. Restare lucida, o sperare che la serata si facesse più sopportabile con un goccio d'alcol?

Il cameriere continuava a fissarla, impettito come se avesse ingoiato una scopa.

Non era una gran bevitrice. *Al diavolo!* «Lo stesso».

«Certo». L'uomo si allontanò senza aggiungere altro.

Linda appoggiò il menù sul tavolo. «Ti va di prendere il piatto misto di pesce? È una porzione per due. Ho sempre avuto la curiosità di provarlo».

Christina chiuse il menù e lo posò sopra quello di Linda. «Se vuoi». Non aveva fame, ma doveva mangiare qualcosa. *Fa parte dell'accordo.*

Quando il cameriere portò lo champagne, Linda gli rivolse un sorriso e ordinò la portata di pesce, dopodiché tornò a guardare Christina. «Sono davvero felice che tu sia qui». Abbassò lo sguardo. «Sono un po' impacciata. Intanto, per... per questa situazione, e poi perché non sembri contenta di stare qui». Bevve un sorso di champagne. «O mi sbaglio?»

È così evidente? Christina aprì la bocca, ma non ne uscì niente. Cosa doveva dire? Che in effetti avrebbe voluto andarsene? Che aveva bisogno di soldi, ma non le andava di fare sesso con una sconosciuta? Nemmeno con questa splendida donna che le sedeva di fronte?

Linda bevve un altro sorso e disse: «Questo silenzio la dice lunga». Il tono di voce non sembrava scocciato, ma piuttosto pratico. «È evidente che sei a disagio. E dubito che la cosa possa migliorare nel corso della serata. Così non può funzionare».

Che cosa? È un rifiuto, per caso? Non sono abbastanza bella per lei?

D'altro canto... in effetti non si stava comportando bene, considerati i soldi che aveva sborsato Linda. *Al diavolo tutto.* Una donna avvenente la pagava per passare la notte insieme. Sarebbe stato da cretini rifiutare. Christina spostò lo sguardo dal bicchiere di champagne al viso di Linda. Allungò la mano per prendere la sua, si chinò e le diede un bacio dolce sul dorso.

Linda la scrutò col viso privo di espressioni.

Quando Christina si scostò, i loro occhi si incontrarono. «Linda, tu sei una donna bellissima. Non garantisco di riuscire a mangiare, ma passerò la notte con te. E sono sicura che sarà una bella serata». Ora doveva solo convincere se stessa, e sarebbe andato tutto alla grande.

Linda era intenta a studiarsi le mani. Era arrossita? «Quindi non hai fame?»

Christina scosse la testa.

Linda le sorrise.

Che bel sorriso.

Con nonchalance, sollevò una mano.

Con la coda dell'occhio, Christina scorse il cameriere che si affrettava a raggiungerle.

«Neanche io penso di riuscire a mangiare» disse Linda con un sorriso un po' sfacciato.

Entrambe scoppiarono a ridere. Per la prima volta da quando si erano incontrate, la tensione si allentò.

Finirono lo champagne, e quando il cameriere raggiunse il tavolo, Linda gli disse che dovevano andare. Sfilò una banconota da cento dal portafoglio e gliela porse, dicendogli di tenere il resto.

Il cameriere aggrottò la fronte, prese la banconota esitando, e si mosse per aiutarla ad alzarsi.

Linda lo liquidò con un gesto. «Io sono a posto, grazie». Fece un cenno in direzione di Christina.

L'uomo spostò lo sguardo da una all'altra prima di raggiungere Christina e aiutarla con la sedia.

Christina lanciò un altro sorriso a Linda. *Cerca di mettermi a mio agio.* Quando Linda le passò accanto, lei le porse la mano.

Linda la strinse, e insieme uscirono dal ristorante.

Quando arrivarono al parcheggio, Christina si fermò e le lasciò andare la mano.

Linda sollevò lo sguardo. «Va tutto bene?»

Sì, di' di sì. Ormai hai deciso, non puoi tirarti indietro.

Christina raddrizzò la postura. «Certo».

Con un sorriso timido, Linda le toccò la schiena. Insieme, proseguirono fino alla macchina.

Non si torna più indietro.

In che pasticcio mi sono cacciata? Con mani tremanti, Christina lisciò una piega immaginaria dal vestito da cocktail.

Dopo qualche minuto, Linda ruppe il silenzio che era calato nella vettura. «Posso farti una domanda personale?»

Christina la guardò di sottecchi prima di concentrarsi sul traffico della strada. «Sì, ma non garantisco di rispondere».

Linda inspirò a fondo. «Sei single?»

Christina la guardò. «Perché?»

Linda fece spallucce. «Immagino che sarebbe difficile spiegare a una compagna che devi passare la notte con un'altra donna».

Non erano affari suoi. *Che diamine.* «Sono single».

Linda rimase zitta. Poi chiese: «Posso fartene un'altra?»

«Solo se poi posso fartene una io» rispose Christina, ridacchiando.

Linda le rivolse un sorriso. «Mi sembra giusto».

«Allora?» Christina si girò verso Linda e strinse il sedile con una mano. «Qual è questa domanda?»

Si fermarono a un semaforo, e Linda sembrò muoversi nervosamente sul sedile. «Sono il tuo tipo?» chiese a voce bassa, lanciandole uno sguardo di soppiatto.

Christina rimase a fissarla basita. Possibile che avesse capito bene? Spostò lo sguardo sul corpo snello e sensuale di Linda. Come faceva questa donna così bella a essere ancora vergine a ventinove anni? Non c'era solo la bellezza fisica. La sua sicurezza, mescolata con una timidezza che di tanto in tanto faceva capolino, risultava irresistibile. *Se è il mio tipo? Accidenti, sì!* Se solo si fossero conosciute in circostanze diverse. *Balle. Non avrei mai avuto il coraggio di avvicinarmi a una donna così, figuriamoci...*

«Suppongo che sia un no».

Che cosa?

Linda si morse il labbro inferiore. «Non importa».

«No. No, non... Non ho un "tipo" che preferisco. Ogni donna ha caratteristiche interessanti». *Ogni donna ha caratteristiche interessanti? Cosa vai blaterando?* Era ridicolo. Passava le serate al telefono, a dire cose che qualche mese prima l'avrebbero fatta morire di imbarazzo. Ma ora che si trovava faccia a faccia con una bella donna, non riusciva nemmeno a dirle quanto era attraente e affascinante.

«Molto diplomatico». Con una risata amara, Linda le lanciò uno sguardo prima di tornare a concentrarsi sulla strada. «Non c'è bisogno di inventarsi scuse. Capisco che...»

Christina sollevò una mano. «Non lo dico perché mi paghi: sei una donna stupenda. Probabilmente non mi capiterà mai più di avvicinarmi a una donna bella come te per il resto della mia vita». Christina scosse la testa. «E in altre circostanze, se tu mi invitassi a passare la notte con te, non esiterei un solo istante».

Linda sbatté le palpebre. Una volta. Un'altra. «Ti ringrazio».

«È la verità».

Dopo qualche istante, chiese: «Beh, qual era la tua domanda? Hai detto che volevi chiedermi qualcosa anche tu».

Christina esitò. Normalmente non avrebbe mai chiesto una cosa del genere. Era troppo personale. *Oh, perché, farci sesso non sarà personale?* Si costrinse ad andare avanti. «Perché sei ancora vergine? Nel senso... bella come sei, dubito che non ti abbiano mai fatto proposte».

Linda guidò l'auto nel parcheggio di fronte al palazzo in cui abitava. Spense il motore e si girò verso di lei. «Non mi è mai successo che una donna mi avvicinasse. E gli uomini non mi sono mai piaciuti. Perlomeno, non in quel senso. Quando ero all'università, c'era uno studente che voleva uscire con me. Ma questo è tutto». Linda sospirò. «Non ho mai avuto una grande vita sociale. Sono più un topo da biblioteca, una pantofolaia».

Christina aveva un'idea un po' diversa dei topi da biblioteca e dei pantofolai. Li immaginava brutti e noiosi. Su Linda si potevano dire un mucchio di cose, ma non che fosse noiosa. E se era brutta lei, allora Christina aveva tutte a in matematica.

Linda si slacciò la cintura e scese dalla macchina. Come prima, chiuse lo sportello e si affrettò presso la sua portiera per aiutarla a scendere.

Christina prese la mano che le porgeva e uscì dalla vettura. I loro sguardi s'incontrarono per caso. Christina si sforzò di deglutire. No, non era affatto noiosa.

Linda la tenne per mano mentre entravano nel palazzo.

Linda aveva il cuore che batteva a mille. Lasciò andare Christina e aprì la porta dell'appartamento con mani tremanti. «Vuoi andare in bagno?» *Quella era la mia voce?* Sembrava avere un che di metallico.

Christina annuì e sparì dietro la porta.

Linda appoggiò la borsetta sul cassettone dell'ingresso e si avviò in salotto su gambe vacillanti. Stava succedendo veramente? Stava davvero per fare sesso? Si guardò intorno. Le pareva tutto ignoto, come quello che l'aspettava. Il divano, la libreria, la tv immensa che non accendeva quasi mai, lo scaffale con tutti i dvd, la foto dei—

«Sono i tuoi genitori?»

Linda sussultò e si girò di scatto.

Christina la guardava, subito dietro di lei. Ovviamente, aveva visto la foto.

Che colore affascinante. Linda si ritrovò incantata dai suoi occhi verdi.

«Linda?»

«Oh, scusa. Che cos'hai detto?»

Christina corrugò la fronte. «La foto».

Linda si costrinse a distogliere lo sguardo e a lanciare un'occhiata alla fotografia. Annuì.

«È triste quel che è capitato». Christina sollevò una mano, ma si fermò prima di toccarla, a pochi centimetri dalla sua spalla. Lasciò cadere il braccio e si schiarì la voce. «Uhm, vuoi andare in bagno anche tu, prima che…?»

Linda sentì il cuore partire al galoppo. Come aveva potuto scordare di andare in bagno? Di solito non era così distratta, anzi: se c'era una cosa su cui poteva contare, era la prontezza mentale. Ma questa situazione era tutto fuorché normale. «Sì. Sì, vado un attimo in bagno» disse, prima di lasciare il salotto con le ginocchia di gelatina.

Christina si lasciò cadere sul divano. Nel corso della sua vita, di idee cretine ne aveva avute tante, ma questa... Meglio trovare qualcosa con cui distrarsi. Non era mai stata nella casa di una psicologa. Alzò gli occhi al cielo. Che stupidaggine, pensare che gli psicologi fossero diversi dalle persone normali. *E poi, cosa vorrebbe dire "normale"?* Christina sbuffò. *Non conosco nessuno che corrisponda alla descrizione.*

Il salotto era spazioso, specialmente in confronto al suo monolocale. Il divano in pelle nera era molto comodo – mica come il suo Klobo comprato all'Ikea. Sul tavolino in legno chiaro poggiava un vassoio con della frutta. Lo sguardo le cadde sul televisore a schermo piatto. Il suo apparecchio a tubo catodico sarebbe andato a nascondersi dalla vergogna di fronte a questo miracolo della tecnologia moderna. Chissà com'era guardare i film su uno schermo così largo. Si alzò e raggiunse la tv che poggiava, insieme a vari altri apparecchi, su un mobiletto dello stesso legno del tavolino. Ci passò due dita sopra. Legno massiccio, non compensato.

Accanto all'elettronica c'era una finestra a tutta parete. Christina si avvicinò e scostò la tenda bianca, quasi trasparente. Lanciò un'occhiata alla strada illuminata. Di tanto in tanto passava un'auto costosa o qualche pedone. Sembrava tutto innocuo e tranquillo. Fuori, almeno. Qui dentro, era come trovarsi in una bolla lontana anni luce dalla vita reale.

Chiuse brevemente gli occhi. Che pensieri strampalati. Senz'altro era colpa del bicchiere di champagne. Quando sentì un fruscio, si girò a guardare.

Vide Linda, che la osservava con un mezzo sorriso. Christina si sforzò di deglutire. *Si comincia.*

———◦✕◦———

Linda tremava dalla testa ai piedi. Era arrivato il momento. Sperò che Christina non si rendesse conto di quanto era nervosa.

Per un attimo, si fissarono in silenzio.

Vuole che cominci io? Il cuore le rimbombava nelle orecchie. Fece un altro passo avanti. Erano talmente vicine che sentiva il respiro dell'altra sul viso. E adesso?

Come se potesse leggerle nella mente, Christina inclinò la testa e le diede un bacio sulle labbra.

Linda chiuse le palpebre senza accorgersene. La bocca di Christina era così soffice, così calda. Di chi erano le labbra che tremavano?

Troppo presto, la donna si scostò, spezzando quel contatto prudente.

Linda dovette sorridere. Era stato meraviglioso. Ne voleva ancora.

Christina la scrutava con uno sguardo intenso, il petto che si alzava e abbassava rapidamente.

«V...» Linda si schiarì la voce. «Vuoi andare in camera da letto?»

Christina la guardò come se non avesse capito una sola parola. Poi annuì, e le strinse la mano con la sua, umida.

Aggrappandosi a lei come un uomo che affoga si stringe all'ancora di salvezza, Linda attraversò la stanza su gambe vacillanti. Incespicò fino all'ingresso, e poi in camera da letto. Le lenzuola di raso azzurre brillavano alla luce della luna che filtrava dalla finestra.

«Possiamo lasciare le luci spente?» chiese sottovoce. Dai tempi in cui era bambina, nessuno l'aveva mai vista nuda. E se a Christina non fosse piaciuto il suo corpo?

«Ma certo».

Linda chiuse la porta appoggiandovisi con la schiena. Spostò lo sguardo dal letto a Christina. *Ora o mai più.* Dopo aver preso fiato, le afferrò la mano e la tirò verso il letto, studiando il suo viso alla luce della luna. Sembrava tesa. Linda si morse un labbro. *E adesso che cosa faccio?*

Con una serie di respiri profondi, Christina le appoggiò le mani sui fianchi.

Grazie al cielo ha preso lei il controllo della situazione.

Christina fece un passo avanti, finché i loro corpi non si toccarono.

Linda sentì il cuore martellarle nella gabbia toracica. Non riusciva a respirare. Era questo che si provava subito prima di un attacco di panico? Il corpo di Christina irradiava calore attraverso il vestito di seta striminzito. Come sarebbe stato avvertire quel tepore senza l'impiccio degli abiti?

Christina le lasciò andare i fianchi; le prese il viso fra le mani e la trascinò giù.

Linda rimase senza fiato. Le loro labbra si fecero sempre più vicine, fino a toccarsi.

Ancora una volta, il contatto terminò dopo pochi secondi.

Di questo passo, al sorgere del sole Christina avrebbe avuto ancora tutti i vestiti addosso. *Voglio vederla senza abito.* Toccava a lei intervenire. *Avanti.* Determinata, le prese il viso fra le mani e premette le labbra contro la sua bocca appena schiusa.

Christina rimase immobile. Sembrava sotto choc.

Ha cambiato idea? Devo fermarmi? Prima di poter decidere, Christina la prese fra le braccia. Un attimo dopo, Linda sentì una lingua calda farsi strada nella sua bocca. Un gemito spezzò il silenzio della camera. Sono stata io?

Con gentilezza, quasi esitando, la lingua calda di Christina si mise a giocare con la sua. Si faceva avanti e poi si ritirava, permettendole di dettare il ritmo.

Linda spostò le mani lungo la schiena della donna. La seta dell'abito da cocktail era fresca sotto le sue dita. Ogni cosa le trasmetteva una sensazione estranea, e i baci di Christina erano molto meglio di quanto avesse immaginato. Linda aveva sempre pensato ai baci come a un qualcosa di umido e invasivo. Baciare Christina, invece, le suscitava desiderio. Così cominciò ad abbassarle la cerniera del vestito.

Christina interruppe il bacio e la fissò con occhi sgranati. Devo fermarmi? Linda si immobilizzò. Corro troppo? «No?»

«Sì». Christina mandò giù la saliva. «Certo».

Linda esitò. La donna non sembrava convinta. «Sei sicura?»

«Sicurissima» sussurrò, tirandole giù la testa.

Il baciò che seguì le trasformò le ginocchia in gelatina.

Christina la baciava come se volesse strapparle i vestiti di dosso.

E un attimo dopo, Linda sentì la cerniera scivolarle sulla schiena. Le venne la pelle d'oca.

Con un tocco leggero come una piuma, Christina le accarezzò le spalle. L'abito cadde a terra con un fruscio.

Senza smettere di esplorarle la bocca, Linda cercò di sfilarle il vestito con movimenti impacciati, finché non riuscì a spogliarla. Sentiva un formicolio in tutto il corpo. *Ancora. Ne voglio ancora.* La pelle di Christina, calda e morbida, le ricordava la seta, e i suoi baci... Il mondo iniziò a girare vorticosamente. Si aggrappò alle spalle dell'altra con entrambe le mani.

Il bacio si interruppe. «Va tutto bene?» Le parole erano un sussurro.

«Mi gira la testa» rispose Linda, sussultando.

«Oh. Uhm, allora stendiamoci» disse Christina. «O preferisci...?»

Linda le diede un colpetto alla spalla. «No, no. Sto bene». Sorrise. «Ma sdraiarci mi sembra un'ottima idea».

Con un sorrisone, Christina la spinse verso il bordo del letto.

Insieme, scivolarono al centro del materasso.

Linda era stesa sulla schiena, e Christina si sporse verso di lei. Dopo un attimo di esitazione, le montò sopra. «E adesso?» chiese con un sorriso.

Prima di riuscire a fermarsi, Linda spostò lo sguardo sull'ampio seno della donna, coperto da un reggiseno di pizzo nero. Deglutì e sollevò una mano. «Posso...?»

Christina corrugò la fronte e guardò prima Linda, poi il proprio seno, e infine si portò le mani dietro la schiena. Dopo qualche istante, il reggiseno cadde.

Linda rimase a bocca aperta.

La pelle chiara di Christina, specialmente quella dei seni sodi, contrastava con la zona più scura intorno ai capezzoli turgidi.

Linda allungò una mano tremante e le sfiorò uno dei seni. Erano un poco più grandi dei suoi. Il globo pallido con l'areola scura era liscio come seta.

«Prendilo in mano» disse Christina.

Dice sul serio? Linda le guardò prima il seno, poi il viso.

Alla domanda silenziosa, Christina rispose con un cenno del capo.

Con la mano, Linda cominciò ad avvolgerle un seno, dopodiché allungò la mano libera per toccarle l'altro. Li massaggiò in modo ritmico. Erano così morbidi, così caldi, così... incredibili. Era quasi surreale.

Con un sospiro, Christina si abbandonò al tocco. «Sì» sibilò. «Così».

Linda la guardò leccarsi le labbra. Era strepitoso. Davvero quel contatto la eccitava? O stava solo fingendo? *Non ci pensare. Non ci pensare proprio.* Era una sensazione così piacevole. «Vorrei sentire il tuo corpo nudo contro il mio». Le parole le sfuggirono di bocca, ma era esattamente quello che desiderava.

«Allora sfilati le mutandine». Christina scese dal suo corpo e si stese sulla schiena. Sollevò i fianchi e si sfilò gli slip.

Linda si ritrovò la bocca asciutta. Christina aveva un corpo mozzafiato. Era snella, ma aveva curve femminili che bramavano di essere toccate.

Christina le si inginocchiò accanto. Le passò il dito indice dal collo fino al seno stretto nel reggiseno.

Linda aveva la pelle d'oca, e al tempo stesso si sentiva attraversata da vampate di calore.

Quando Christina sollevò lo sguardo, i loro occhi si incontrarono. «Ora tocca a te» disse la donna con voce roca.

Linda non se lo fece ripetere. Si raddrizzò, trafficò col gancio frontale del reggiseno fino ad aprirlo, e si disfò di quell'indumento fastidioso con mani incerte. Lo buttò sul letto e cominciò a sfilarsi le mutandine, ma subito si fermò e si coprì il petto con le mani.

Christina, che le fissava il seno a bocca aperta, sollevò lo sguardo e tornò a scrutarla negli occhi. Con dolcezza, le toccò una mano. «Non fare così. È stupendo». Dopo una pausa, aggiunse: «Tu sei stupenda». Le afferrò le mani e si chinò in avanti, unendo le labbra alle sue con un tocco leggero. Dopo un istante, le sfiorò il seno col suo.

Linda sussultò. Era una sensazione così... intima. Questo calore. Sentiva un pizzicore diffuso, come se ogni cellula del suo corpo fosse attraversata da una corrente elettrica, fino al clitoride. Diede a Christina un bacio appassionato e premette il corpo contro il suo, spingendola all'indietro fino a posizionarsi sopra di lei.

Christina le passò le mani lungo la schiena finché non raggiunse gli slip. Con fare gentile ma deciso, glieli abbassò. E poi di colpo la ribaltò, salendole sopra a cavalcioni.

«Che stai facendo?» esclamò Linda.

«Devo pur togliertele in qualche modo» disse la donna, lanciando un'occhiata alle mutandine mentre gliele abbassava sulle gambe. Al termine, scoppiò a ridere.

Linda si coprì il pube con la mano. «Cosa c'è di così divertente?»

«Avevamo tutte e due abiti da cocktail, ma senza collant».

Linda sorrise. «È che di solito non porto gonne, preferisco i pantaloni. Quando mi sono accorta che servivano i collant, tu eri già in arrivo».

Christina ridacchiò. «Nemmeno io porto le gonne. Per questo non me n'ero accorta».

Entrambe scoppiarono a ridere. Dopo qualche secondo, tornò a calare il silenzio. Come al rallentatore, si avvicinarono una all'altra e si baciarono con passione.

Linda fece scivolare le mani sul corpo nudo e caldo che copriva il suo. Quando sentì il sedere dell'altra sotto le dita, serrò la presa.

Christina si scostò dal bacio, sospirò e le fece scorrere la lingua sul collo.

Dio, sì! Linda le strinse forte i glutei.

Christina gemette. Le morsicchiò il collo prima di leccarlo con dolcezza.

Era una sensazione di solletico, ma percepiva anche un pulsare che fino a quel momento le era stato ignoto. Ogni battito del cuore impazzito pareva terminare nel clitoride.

Dopo qualche minuto, Christina si spostò dal collo e le baciò la clavicola, e poi la valle fra i due seni.

Linda le lasciò andare i glutei e fece scorrere le mani sulla schiena lievemente sudata che la sovrastava. Il contrasto fra la pelle umida e le dita calde era meraviglioso. Puro erotismo. Non voleva mai più lasciarla andare.

Christina le passò la lingua a cerchio intorno all'areola, avvicinandosi sempre di più, fino a toccarle il capezzolo con la lingua. Dopodiché lo prese in bocca.

Linda trasalì, e d'istinto sollevò i fianchi. «Non smettere. Ti prego, non smettere mai».

Nonostante la supplica, dopo un po' le labbra di Christina si allontanarono, spostandosi sull'altro seno. Le prese il capezzolo in bocca e lo succhiò con entusiasmo.

«Oddio». Linda le afferrò la testa per avvicinarla a sé.

Christina succhiò un poco più forte mentre con la mano le accarezzava l'altro seno.

Dopo qualche istante – troppo presto, per i gusti di Linda – la donna si scostò e cominciò a spostarsi verso il basso. Le coprì la pancia di baci teneri, la leccò e la succhiò dappertutto.

Cosa vorrà fare? Non penserà...? Linda si ritrovò col respiro accelerato, quasi vicino all'iperventilazione, quando sentì una ciocca di capelli sfiorarle l'interno della coscia.

Christina le schioccò baci caldi sulle gambe e, gentilmente, Linda le accarezzò i capelli.

Fu lento e rapido al tempo stesso: di colpo, Christina le passò la lingua dalla vagina al clitoride.

Linda sussultò. La lingua di Christina era diventata il centro del suo universo.

Con dolcezza, Christina continuò a leccarle e succhiarle il clitoride.

«Oh, oh, sì!» Linda era senza fiato.

Dopo un po', Christina sollevò lo sguardo. «Devi respirare» sussurrò.

Linda inspirò a fondo e cominciò ad ansimare. Aria. L'aria non bastava.

Christina le rivolse un sorriso a trentadue denti.

Ride di me? I pensieri evaporarono quando Christina tornò a stimolarle con la lingua il nodo di nervi. Mai e poi mai Linda aveva pensato che potesse essere così straordinario. Sentiva un formicolio diffuso in tutto il corpo, e una tensione fra le gambe che le impediva di pensare lucidamente. Abbassò lo sguardo su Christina.

Vide la sua testa muoversi ritmicamente. Poi la vide sollevarsi, e incontrò il suo sguardo. Christina aveva gli occhi che brillavano. «Avanti?» chiese, senza lasciarla andare.

«Avanti?»

«Mhmm».

Non riusciva a mettere insieme un pensiero coerente. Di cosa parlava? «Okay» gracchiò.

Con un dito, Christina la strofinò fino all'apertura, che accarezzò con un movimento circolare.

«Ti prego». Linda era impossibilitata ad aggiungere altro. Avrebbe fatto qualunque cosa pur di sentire il dito di Christina dentro di sé.

Un attimo dopo, la donna glielo infilò dentro.

Linda gemette a bocca aperta. Più a fondo. Voleva sentirla più a fondo. Quando Christina allontanò il dito, lei fece per protestare, ma subito la donna tornò a penetrarla con due dita.

Christina cominciò a muovere la mano a ritmo lento. Le dita facevano dentro e fuori, dentro e fuori.

Linda aveva il corpo in fiamme.

Senza smettere di massaggiarle l'interno del corpo, Christina si mise a passarle la lingua sul clitoride.

«Oddio, sì!» Linda iniziò a tremare. I fianchi si alzavano e abbassavano senza controllo, finché il corpo intero non rimase bloccato. Chiuse gli occhi senza volerlo. Il mondo sparì: restava solo quell'incredibile sensazione. I muscoli si contrassero.

Rapidamente, ma con dolcezza, Christina continuò a muoverle le dita dentro.

Linda sentì il mondo esplodere, lasciandosi dietro un'onda di calore che le attraversò il corpo intero. Ansimando, rimase stesa a occhi chiusi. Era successo. Era successo davvero. Da quant'era che Christina la toccava? Linda aveva ceduto il controllo al suo corpo e perso la cognizione del tempo.

Le dita si erano fatte immobili. Christina diede un ultimo bacio al clitoride, dopodiché le sfilò lentamente la mano dal corpo.

Linda fu grata di quella premura. Era tutto così sensibile. Le sembrava di avere gli arti di piombo. *Mio Dio. Che accidenti era? Non riuscirò a muovermi mai più.* Quando sentì un fruscio poco distante, aprì gli occhi e vide Christina che prendeva due fazzoletti dalla scatola sul comodino e si asciugava la bocca e le dita.

Linda avvampò. Erano i suoi succhi da cui si stava ripulendo.

Incurante, Christina buttò i fazzoletti bagnati accanto al letto, le scivolò vicino e le sorrise.

Linda voleva ricambiare, ma si accorse che aveva già un ghigno dipinto sul volto.

Christina stese una mano sulla sua pancia e una gamba sulle sue cosce.

Linda la strinse fra le braccia e sospirò. Era splendido sentirla così vicina.

Christina le diede un bacio dolce sulla guancia, dopodiché le appoggiò la testa sulla spalla.

«Grazie» sussurrò Linda prima di chiudere gli occhi.

Christina sbatté le palpebre. Era sola in un letto sconosciuto. La camera era buia, e la pioggia tamburellava contro i vetri delle finestre. Dove si trovava? Cos'era accaduto?

Emise un gemito. Linda. Era a casa di Linda. Dopo il sesso, Christina era rimasta stesa qualche altro minuto fra le braccia della donna addormentata. Come aveva potuto addormentarsi anche lei? *Ma era così bello stare fra le sue braccia.* Le ultime ore erano state piacevoli. Incredibilmente piacevoli. Spostò lo sguardo sulla finestra. Aveva iniziato a piovere, ma il tempo plumbeo non rispecchiava il suo umore.

Christina credeva che si sarebbe sentita sporca o usata, e a pensarci bene, quello che provava era effettivamente nuovo e insolito. *Ma mi sento... come una puttana?*

Le era piaciuto il contatto fisico con Linda. Sentirla reagire alle sue mani era stato davvero eccitante, ed era quasi venuta solo guardandola. Al pensiero, sentì pulsare fra le gambe.

«Ehi».

Spostò lo sguardo sulla porta.

Linda era in piedi sulla soglia, con una vestaglia bianca e un sorriso sbilenco in volto.

«Ehi». Christina si tirò le coperte fino al collo.

«È quasi mezzanotte, ma ho pensato avessi fame».

La guardò perplessa. *Fame?*

«Ho ordinato una pizza. Non sapevo come ti piacesse, per cui ho preso una margherita».

Una margherita?

Linda si mordicchiò il labbro inferiore. Alla fine, superò il letto e si fermò di fronte all'anta di un armadio. L'aprì e ci rovistò dentro per un attimo. Probabilmente faticava a vedere, dato il buio della stanza; filtrava giusto un po' di luce dal corridoio. «Ecco qua!» Prese l'indumento e lo posò sul letto. «Ho un'altra vestaglia». Teneva gli occhi puntati in basso. «Magari ti va di metterla».

Christina rimase a fissarla a bocca aperta. Che altro poteva fare? Era tutto così assurdo. Prima il sesso con una sconosciuta, e ora questa sconosciuta che le offriva una vestaglia e della pizza. Se le avessero raccontato una storia del genere, non ci avrebbe mai creduto.

Linda le rivolse un sorrisone. Sembrava inchiodata sul posto e si tormentava le mani. Poi annuì e si girò di scatto, schizzando fuori dalla stanza come fosse inseguita dal demonio in persona. «Ti aspetto in salotto, così puoi... uhm... vestirti».

Christina scosse la testa. *È proprio strana. Però è anche carina.* Prese la vestaglia e la indossò. *Meglio che rimanere nuda.* Si alzò e si allacciò la cintura. Di fronte al letto c'erano un paio di pantofole, e le calzò. Erano un po' grandi, ma soffici e comode. A passi lenti, raggiunse la porta aperta. La luce del corridoio le ferì gli occhi, ma dopo qualche secondo si abituò.

«Di qua» gridò Linda, e Christina seguì la voce fino al termine del corridoio.

Linda era in piedi in salotto; di fronte a lei sul pavimento era stesa una coperta, e sopra c'era un cartone gigante di pizza. «Potremmo guardare un film».

Christina aggrottò la fronte. «Come hai capito che ero sveglia?»

Linda arrossì, senza sollevare lo sguardo. «Ti guardavo». Si schiarì la voce e finalmente incontrò i suoi occhi. «La piazza è arrivata un'ora fa. Avevo paura che il campanello ti svegliasse, ma a quanto pare non l'hai sentito. L'ho tenuta al caldo nel forno. Ehm, la pizza intendo».

Christina deglutì. «Mi guardavi?»

A disagio, Linda distolse brevemente lo sguardo. «Avevi un'aria così serena. Quando mi sono svegliata, non ho potuto non...»

Christina voleva dirle «Non fa niente», ma non era vero. Affatto. Da sveglia, aveva il controllo della situazione e poteva decidere cosa era permesso e cosa no. Ma mentre dormiva... D'altro canto, Linda l'aveva pagata per passare la notte con lei. *Mi sto agitando per nulla.* Era assurdo, ma non riusciva a scrollarsi di dosso la sensazione che la sua privacy fosse stata violata. «Non hai potuto non...?»

Gli occhi puntati sulla pizza, Linda mormorò: «Ammirare la tua bellezza».

Christina la scrutò con sospetto.

Linda deglutì, ma non sollevò lo sguardo e tenne le mani intrecciate.

Dice sul serio. Mai nessuno le aveva detto una cosa tanto carina. Almeno non senza secondi fini. Ma Linda non aveva motivo per farle complimenti che non fossero veri.

Per qualche secondo, nella stanza regnò il silenzio.

«Va tutto bene» disse infine Christina. «Uhm, volevi vedere un film?»

Linda sollevò lo sguardo. «Se ti va». Sciolse le mani e le alzò, come a difendersi. «Ho pensato potesse essere carino, ma non dobbiamo farlo per forza».

«Posso vedere cos'hai da offrire?» *Ops, l'ho già visto.* Christina si sentì avvampare.

Linda non sembrò cogliere il doppio senso. Le lanciò un sorriso fugace e annuì. «Guarda pure i dvd. Scegli quello che vuoi. Io prendo qualcosa da bere. Hai preferenze?»

«Coca Cola, se ce l'hai».

«Arriva subito» disse Linda, affrettandosi nella stanza adiacente.

Christina la guardò allontanarsi, dopodiché s'incantò sull'imponente collezione di dvd. Dovevano essere almeno un centinaio di film, forse anche duecento. *Wow, che collezione immensa.* Lesse qualche titolo. Linda sembrava avere tutti i successi, da *Avatar* a *Brian di Nazareth.*

«Trovato niente?»

Christina si voltò. «No».

Linda appoggiò due sottobicchieri e due bicchieri di Coca Cola sul pavimento di legno accanto alla coperta. Poi si avvicinò a lei.

D'istinto, Christina fece un passo di lato. Non che la vicinanza con Linda l'infastidisse; è che le sembrava... inappropriato? *Inappropriato? Che idiozia. Qualche ora fa avevi la testa in mezzo alle sue gambe.* Christina si riscosse. *Smettila di pensarci.*

Una accanto all'altra, esaminarono la raccolta di dvd.

«Ne hai davvero tanti» commentò Christina.

«Mi piacciono i film». Linda si studiò le mani. «Film e libri sono hobby coltivabili in solitudine».

Le parole colpirono Christina come un pugno al plesso solare. Non aveva mai conosciuto nessuno che fosse solo quanto Linda. Gentilmente, le toccò il braccio. «Scegli tu».

Linda la guardò negli occhi per un'eternità. Poi spostò lo sguardo sulla sua bocca.

Che voglia baciarmi?

Non lo fece, però. Tornò a rivolgersi allo scaffale e ai dvd che ospitava. «Alcuni non li ho mai visti nemmeno io».

«Davvero? Come mai?»

«Vuoi la verità?»

Christina sorrise. «Ovvio». Quando vide che l'altra rimaneva zitta, la incoraggiò. «Dài. Dimmelo».

Linda evitò il suo sguardo. «Non ho il coraggio di guardarli da sola».

Eh? «Non hai il coraggio?» Che razza di film sono? Porno? «Mi fai un esempio?»

«*Final Destination*».

Christina si ritrovò a sogghignare.

«E *The Blair Witch Project*».

Per un attimo, fu tentata di dirle quanto era tenera. *Non pensarci nemmeno. Ti paga per tenerle compagnia, non per farle i complimenti o rifilarle panzane.* Era un lavoro. Nient'altro.

«D'accordo, allora guardiamone uno di quelli».

Sul viso di Linda apparve un sorriso. «*Misery non deve morire?*» chiese poi, piano.

Christina scrollò le spalle. «Certo, perché no?»

«Okay». Linda inserì il disco nel lettore e fece partire il film.

«Ci mettiamo sul divano o sulla coperta?» chiese Christina.

Linda spostò lo sguardo dal pavimento al divano. Alla fine, annuì. «Dove preferisci tu».

Christina prese il cartone della pizza e si sedette sul divano.

Linda appoggiò i bicchieri sul tavolino e si accomodò sul divano di pelle che doveva essere costato una fortuna. Si infilò i piedi sotto le gambe.

Fra loro c'era un metro di spazio vuoto.

Christina la studiò qualche secondo. *Non si sente sicura. Ha paura di sembrare troppo aggressiva nei miei riguardi?* Finora, Linda aveva cercato il maggior contatto possibile. Quel sedersi così distante non aveva alcun senso... oppure sì? Christina si schiarì la voce.

Linda si girò di scatto a guardarla.

«Vuoi che... mi avvicini un po'?»

Linda arrossì violentemente. Abbassando lo sguardo sul grembo, disse sottovoce: «Se ti va».

Che carina. Christina si avvicinò. La vestaglia si sollevò un poco, e la sua coscia nuda toccò quella dell'altra donna. Sentì un pizzicore alla pelle, ma non si spostò. Le piaceva vedere il rossore di Linda farsi ancora più intenso. Incredibile. Nemmeno due ore fa eravamo nude a strusciarci l'una sull'altra, e adesso basta questo contatto innocente a farla arrossire.

Iniziò il film, e Linda guardò lo schermo rapita.

Christina la studiò. *È davvero presa dalla storia? Cosa le passa in quella testolina? Beh, non ha importanza. Mi paga per guardare un film e mangiare pizza. Chi se ne frega di cosa pensa.* Sapeva che si stava prendendo in giro da sola. Le fregava eccome, quello che Linda pensava di lei. Le era piaciuto il sesso? La vedeva come una prostituta? *Se così fosse, non mi avrebbe fatto quel complimento, e di sicuro non mi tratterebbe come un'ospite qualunque. Mi sto facendo problemi che non esistono.* Christina si concentrò sul film.

Mangiarono la pizza tiepida, e di tanto in tanto Christina si chinava verso Linda per bere un sorso della Coca Cola appoggiata al tavolino. Doveva sforzarsi di non sorridere, perché ogni volta che si sporgeva, lo sguardo di Linda cadeva inevitabilmente sul suo seno prima di tornare rapido sul televisore. In qualche modo, la eccitava l'idea che Linda la trovasse attraente.

Finita la pizza, buttarono il cartone vuoto sul pavimento.

«Posso... uhm... posso avvicinarmi?»

Come potrei dirle di no? È così carina. «Ma certo» rispose *Christina.*

Esitando, Linda si avvicinò e le appoggiò la testa sulla spalla.

Christina le cinse le spalle con un braccio e l'attirò a sé. «Comoda?» chiese piano.

«Mhmm».

Christina sorrise e tornò a guardare il film.

Dopo qualche minuto, sentì Linda sussultare. Il protagonista si era appena fatto spaccare le gambe, e Linda le premette il viso contro il collo. «Oddio».

Christina rise.

«Non c'è niente da ridere» borbottò Linda, nascondendo la faccia contro di lei.

«Invece sì».

«No».

«Sì».

«Noooo».

«Sì. E adesso guarda il film».

«È finita quella scena?» Le parole erano appena comprensibili, ma il fiato di Linda le solleticò il collo.

«Sì, puoi guardare».

Linda sollevò la testa con riluttanza. «Non ce la farà mai a scappare» protestò. «La tipa è fuori di zucca».

Christina scoppiò a ridere. «Fuori di zucca? Che razza di psicologa sei? È così che fai le diagnosi?»

Anche Linda si mise a ridere.

Quando si fu calmata, rispose: «Sembrerebbe un caso di disturbo schizoaffettivo. E personalità borderline, direi». Linda bevve un sorso di Coca Cola e fece un gesto con la mano. «Ma servirebbero più elementi per una diagnosi completa».

Eh? Christina si girò a guardarla.

Linda alzò gli occhi al cielo. «Per dirla in breve: è fuori di zucca. Ti va del gelato?»

«Gelato?» *Come le è venuto in mente?*

«Sì, gelato. Preferisci la vaniglia o la ciliegia?»

«Uhm, tutti e due?»

«Okay». Linda si alzò e si avviò in cucina.

Non appena la porta della cucina si richiuse alle sue spalle, Linda vi si appoggiò. *Se solo sapessi portare avanti una conversazione.* Ogni volta che si rilassava, finiva per dire qualche scempiaggine. Christina doveva pensare che fosse una vera cretina. Come le era venuto in mente di usare il linguaggio specialistico? Sospirò lamentosa. E quel "fuori di zucca" era un'altra stupidaggine. *Si rende conto di quanto mi sento insicura?*

Christina sembrava così a suo agio, così matura.

Lei, invece, era un impiastro. Chissà come doveva apparire infantile, così assorbita dal film. Non era un comportamento da adulti. Trascinò i piedi fino alla credenza e afferrò due ciotoline, poi due cucchiai e un dosatore per gelato dal cassetto. Aprì il freezer, e si riscosse quando il freddo penetrò il tessuto della vestaglia. Si affrettò a prendere il gelato prima di richiudere, ma poi si bloccò. I brividi che le scorrevano lungo la schiena... il suo corpo era più sensibile del solito. Incredibile l'effetto che Christina aveva su di lei.

Linda chiuse gli occhi. Il tocco della donna era stato paradisiaco. Se avesse saputo che il sesso poteva essere così meraviglioso, non sarebbe rimasta vergine tanto a lungo. Poco ma sicuro. Il piacere, però, impallidiva al confronto col benessere avvertito mentre stringeva Christina fra le braccia. Linda aprì gli occhi. Il tempo stava volando. *Domani sarà tornata a casa.* Perché il pensiero le faceva così male? Non la conosceva nemmeno.

Inutile rimuginarci. Per il momento, Christina era qui con lei, e Linda era determinata a fare buon uso del tempo che rimaneva. Si raddrizzò e preparò le ciotole di gelato.

Quando Linda tornò dalla cucina e le passò una ciotola di gelato, Christina le disse che aveva messo in pausa il dvd.

«Grazie. Che pensiero carino». Linda le sedette accanto e studiò la ciotola e il suo contenuto.

«Vuoi che torni indietro? Ti sei persa circa tre minuti».

«No, va bene così» borbottò Linda, la bocca piena di gelato. «È successo qualcosa di importante?»

«Non proprio. Il tipo sta cercando di finire il libro. Oh, e non prende le pillole, le nasconde».

Linda annuì e premette il tasto play. Si lasciò rapire dal film e svuotò la ciotola a tempo di record.

Mangia sempre così in fretta? Probabilmente no, o non avrebbe quel corpo da urlo. A Christina era passata la fame. Si sporse per poggiare la scodella sul tavolino accanto a Linda, e incontrò il suo sguardo.

La donna si leccò le labbra.

Come al rallentatore, i loro volti si fecero sempre più vicini, finché... un'esplosione di musica drammatica le fece girare verso il televisore.

Il protagonista del film stava tentando di scappare dalla prigionia.

Christina si appoggiò allo schienale per seguire la scena.

«Oddio, oddio, adesso lo trova» strillò Linda. «Se lo trova lo ammazza. Oddio». Si coprì il viso con la mano.

Christina la osservò. Linda era molto più interessante del film. Sorrise. Un attimo era tutta seria, quello dopo sembrava una bambina innocente.

Quando passò il momento di tensione, Linda si voltò, ma tenne gli occhi bassi. «Scusami. Penserai che sono...»

«Che cosa?» Christina sollevò una mano e le accarezzò piano una guancia. «Che sei proprio carina?» Sorrise. «Hai ragione». L'ultima parola era un sussurro. Le mise una mano sulla nuca e l'attirò dolcemente verso di sé.

I volti si avvicinarono finché le labbra non si sfiorarono. Quando il bacio si interruppe, dopo qualche secondo, Linda sbatté più volte le palpebre.

Invece di darle un altro bacio, Christina l'abbracciò. Non poteva farne a meno. *Che accidenti ti è preso? Sei diventata una mollacciona? Oh, ma che importa?* Era una bella sensazione: il resto non contava. Christina chiuse gli occhi.

Linda ricambiò la stretta. «Va tutto bene?» chiese piano. Christina annuì esitante. *No, non va bene per niente.* Era così confusa.

Dopo qualche tempo, Linda la lasciò andare e spense il televisore. Si alzò, le porse la mano e la guidò lungo il corridoio, fino in camera da letto.

Al diavolo la fine del film.

Linda sentiva i pensieri vorticarle in testa. Se solo fosse riuscita ad afferrarne uno. Subito prima del bacio in salotto, le era sembrato di cogliere dell'insicurezza negli occhi di Christina, e qualcosa di simile alla paura. E il bacio... era stato così gentile. Perché Christina l'aveva baciata? E perché aveva interrotto il bacio per abbracciarla? Con la mano ancora stretta nella sua, si fermò di fronte al letto. La lasciò andare e si stese sul materasso.

Per qualche secondo, Christina si limitò a fissarla.

O forse mi legge dentro?

Aveva un'espressione indecifrabile.

Linda si tirò su e le porse la mano. Non sapeva perché l'aveva portata in camera e perché avvertisse questo desiderio di stringerla. Ma sembrava la cosa giusta da fare. «Vieni qui» disse piano.

Christina deglutì e salì sul letto.

Linda l'attirò a sé.

Invece di accoccolarsi a lei e lasciarsi andare, Christina sembrava un po' tesa. Le aveva appoggiato la testa sulla spalla, e dopo un attimo di esitazione, Linda le passò le dita fra i capelli.

Un pensiero la colpì d'un tratto: *Si vergogna di quello che ha fatto.* Senza fiato, Linda si bloccò con la mano ancora nei suoi capelli. Cosa poteva fare? Che quella vicinanza fisica fosse per Christina una cosa terribile? No. Se così fosse stato, non l'avrebbe abbracciata poco prima. A meno che… forse l'aveva fatto solo per non doverla più baciare. *Ma non ha senso. È lei che ha baciato me, non il contrario. E allora?* Continuò ad accarezzarle i capelli. E se l'avesse baciata solo perché pensava di doverlo fare? *E adesso è nervosa perché pensa che voglia di nuovo fare sesso.* «È così orrendo?» chiese, la voce poco più di un bisbiglio.

Silenzio.

«Christina?»

L'unica risposta fu un respiro regolare. Christina si era addormentata.

Tepore. Benessere. Era tutto perfetto. Un cuore che batteva regolare, a ritmo lento. Bum. Bum. Bum. *Un attimo. Di chi è questo cuore?* Christina spalancò gli occhi. Un petto.

Sollevò la testa e studiò il viso di Linda, giovane e vulnerabile alla luce della luna.

In quella, Linda aprì gli occhi, posando lo sguardo su di lei. «Ciao».

È sveglia? Christina rotolò su un fianco. «Ciao».

«Ti sei riaddormentata».

Christina si guardò le mani. «Scusami».

Linda si tirò su, si sistemò la vestaglia e si alzò fino a toccare la spalliera con la schiena, spezzando il contatto fisico con lei. «Non devi scusarti». Si studiava le mani raccolte in grembo. «Sono io che devo chiederti scusa».

Christina sollevò un sopracciglio. «Che stai dicendo?»

«Per te è orribile». La scrutò con occhi tristi. «Non è vero?»

Il significato delle parole era chiaro. Ma cosa poteva rispondere? Era orribile, giacere a letto con Linda? No. Stava male all'idea di averci dormito insieme? *Strano, ma no.* Che diamine le stava capitando? Aveva fatto sesso con una sconosciuta per denaro. Accidenti, perché non si sentiva usata, sporca, o almeno triste? *È quello stupido lavoro alla linea erotica che mi ha reso così cinica e insensibile?*

«Non faremo più niente» disse Linda. Non sembrava decisa o distaccata, ma piuttosto triste. «Non hai scelto tu di...»

Christina si rizzò a sedere. «Non è vero. Ho scelto eccome».

Linda spostò lo sguardo sul pavimento. «Non volevo dire che ti ho costretta, ma che in circostanze diverse non l'avresti mai fatto». Le esaminò il viso intensamente. «O sbaglio?»

Sbagliava? Christina non aveva mai avuto avventure di una notte. Dopo quattro relazioni, due delle quali decisamente durature, non era più una pudica santarellina. Ma andare a letto con una donna appena conosciuta... non lo avrebbe mai fatto. «Hai ragione». Linda fece per aprir bocca, ma Christina aggiunse: «Ma non per i motivi che pensi tu».

Linda inclinò la testa di lato. «Che vuoi dire?»

«Di solito non vado a letto con gente che non conosco». Fece spallucce. «Sarò all'antica, ma per avere rapporti intimi con una donna, questa donna deve piacermi e risultarmi attraente». Si fermò, prima di aggiungere: «E non parlo solo del lato fisico».

Linda le studiò il viso. Dopo qualche istante che parve eterno, le chiese: «Se potessi tornare indietro nel tempo, accetteresti l'offerta che ti feci due settimane fa?»

Che razza di domanda. L'avrebbe accettata? Linda non l'aveva trattata male. Al contrario. Era gentile, cortese, e aveva un buon senso dell'umorismo. A Christina non veniva in mente un solo difetto. Quindi, sapendo tutto ciò, avrebbe accettato l'offerta? «Sì». Senza dubbio. «È stupendo stare con te».

Sul volto di Linda apparve un sorriso.

«E tu?» chiese Christina. «Me la rifaresti, l'offerta?»

«Sì» rispose Linda. Poi aggiunse, a bassa voce: «Anche per me è stato stupendo».

Christina la scrutò intensamente. Perché non si erano conosciute in altre circostanze? «Cosa vuoi fare adesso?»

Linda piegò la testa. «Cosa voglio fare?»

«Sì». Avevano parlato a sufficienza. *Che diavolo, ho parlato più stasera che con certe mie ex.*

Dopo un lungo silenzio, Linda disse: «Vorrei fare una doccia calda e poi farti un massaggio». Abbassò il capo prima di riuscire a guardarla negli occhi, l'espressione nervosa. «Solo se a te sta bene, ovviamente».

Christina corrugò la fronte. «Vuoi farmi un massaggio?» «Sì».

«E dove?»

«Dove vuoi. Uhm, se vuoi».

Voleva? Era passato talmente tanto tempo dall'ultimo massaggio che nemmeno se lo ricordava. «Okay» disse. «Mi faccio una doccia anch'io, dopodiché potrai farmi il massaggio».

Linda sorrise da orecchio a orecchio. «Benissimo». Si alzò con un balzo e sfrecciò in bagno. Quando arrivò alla porta, si fermò e si girò con un sorriso. «Ti metto degli asciugamani puliti quando ho finito».

«Grazie».

Linda si chiuse la porta alle spalle.

Christina scosse la testa. Era folle. Una vera pazzia. Ma non avrebbe voluto trovarsi in nessun altro posto.

Christina si fermò di fronte al letto. Era la prima volta che lo vedeva con le luci accese. Si passò una mano sui capelli asciugati dal phon.

«Sdraiati a pancia in giù» disse Linda, spostandosi verso il bordo del letto.

Christina strinse fra le mani i lembi della vestaglia. «Questa la tolgo?»

Linda le sorrise. «Se la togli, è più semplice».

Non essere timida. Nemmeno fossi tu quella vergine. Christina abbassò lo sguardo sul cordone che teneva chiusa la vestaglia. Si sentiva le guance in fiamme. Ti ha già vista nuda.

Trafficò goffamente col nodo fino a scioglierlo, dopodiché si levò l'indumento.

Linda, che finora le aveva osservato il viso, spostò lo sguardo sul suo seno e sul pube non appena la vestaglia scivolò a terra.

Christina si schiarì la voce.

Linda si affrettò a sollevare lo sguardo.

Che carina. È tutta rossa. Christina montò sul letto e si distese prona. Subito, non accadde niente. Poi sentì Linda che saliva sopra di lei e trasaliva.

A quanto pareva, aveva dimenticato di essere nuda sotto la vestaglia. Christina si ritrovò un sorriso da orecchio a orecchio. I peli pubici di Linda le facevano il solletico sulla schiena.

Nessuna delle due aprì bocca né mosse un muscolo.

Dopo qualche istante, Christina sentì due mani calde accarezzarle la schiena. Sembrava più un'esplorazione che un massaggio. Un gemito le sfuggì dalla gola. Era una sensazione stupenda. Le mani si fecero più decise.

Le dita di Linda cominciarono a massaggiarle con perizia i muscoli annodati delle spalle e del collo.

«Oh, è meraviglioso» mormorò Christina. «Dove hai imparato?»

«Mia madre era spesso indolenzita, così qualche volta le facevo un massaggio».

Non era facile seguire la conversazione. Ma Christina era curiosa. «Cosa faceva tuo padre?»

«Era avvocato».

«Mhmm».

«Che vuol dire "mhmm"?»

Christina riaprì gli occhi, e solo allora si rese conto che li aveva chiusi. «Cos'hai detto?»

Linda rise. «Niente. Non sei un'habitué dei massaggi, eh?»

«No». La parola parve un gemito di piacere. Le dita abili di Linda continuarono a scioglierle i muscoli tesi del collo.

«Non fermarti».

Linda ridacchiò. «Come pensi di pagarmi?»

«Tu cosa vorresti?» ribatté Christina con un sorriso.

Silenzio.

Dopo una pausa che parve eterna, Linda rispose: «Dimmi qualcosa di te».

«Di me?» Christina si voltò per scorgerla.

Linda smise di massaggiarle la schiena.

I loro sguardi si incontrarono. Parlare di sé era l'ultima cosa che Christina voleva. Non lo faceva neppure con le donne con cui usciva, quindi figuriamoci con Linda. *Come faccio a dirle di no senza che ci rimanga male?* Christina distolse lo sguardo.

Con tenerezza, Linda le passò i polpastrelli sulla schiena. A Christina venne la pelle d'oca.

«So che sei bellissima, e che quando ti senti insicura, o sei infastidita, ti appare una specie di fossetta sulla fronte» disse Linda. «So che taglia porti, sia di vestiti che di scarpe. Mhmm... so che quando sei nervosa non riesci più a mangiare. E che lavori per una linea erotica. Oh, e ovviamente so che sei lesbica e single».

Con un movimento brusco, Christina si rigirò sulla schiena, tenendo Linda per i fianchi per non farla cadere.

Linda rise, ma poi si fece seria.

Christina fece scorrere lo sguardo sulla vestaglia mezza aperta, sulla peluria curata fra le gambe aperte, sulla pancia soda, e sul petto parzialmente coperto. Dovette sforzarsi per deglutire. I fianchi di Linda erano caldi. Doveva lasciarla andare? *Col cavolo!*

Anche Linda la fissava.

Seguendo il suo sguardo, a Christina venne da ridere. *Ci guardiamo le tette come due maschi adolescenti.* Ma al contrario di un adolescente, Christina sapeva come ottenere certe cose. E quale mossa avrebbe dovuto fare. Puntò gli occhi in quelli di Linda mentre con le mani le accarezzava la pelle sotto la vestaglia.

Senza distogliere lo sguardo, Linda scostò i lembi dell'indumento. Se lo sfilò prima da una spalla, poi dall'altra. Lentamente, si chinò in avanti e le accarezzò dolcemente il seno. «È bellissimo stare con te» sussurrò prima di coprirle le labbra con le sue.

Era come essere avvolta da una coperta calda. Christina non aveva mai provato una sensazione più perfetta.

La lingua di Linda le penetrò la bocca, facendola gemere.

Con modi gentili, Christina le accarezzò la schiena prima di afferrarle i due glutei muscolosi.

Linda sospirò nella sua bocca e approfondì il bacio.

Christina era bagnata. Voleva Linda.

Ma Linda interruppe il bacio e si sollevò sulle braccia tese. Ho sbagliato qualcosa?

«Posso toccarti?»

Christina rimase a fissarla. *Ho capito bene?* Linda voleva pagarla per farla godere? La domanda non aveva senso. Poteva toccarla? *Accidenti, sì!* Christina annuì.

Linda si chinò, premendo il seno contro il suo. Christina sentì i suoi baci su ogni centimetro del viso, come brezza fresca in un giorno torrido d'estate. Nel frattempo, Linda le accarezzò le gambe.

Christina avvertì il battito accelerare. Quando la bocca di Linda tornò sulla sua, allargò le gambe a mo' d'invito per farle spazio.

Linda si spostò più in basso, le baciò il seno sinistro, e dopo un attimo iniziò a succhiarle il capezzolo.

«Oh». Christina sentì una pulsione intensa in mezzo alle gambe.

Proprio come aveva fatto lei qualche ora prima, Linda le coprì un seno con la mano destra mentre con la bocca esplorava l'altro.

Impara in fretta. «*Ah*». *Molto in fretta.*

Linda la succhiò con più prepotenza prima di titillarle con la lingua il capezzolo inturgidito. «Va bene così?» chiese, senza staccare la bocca.

«Ah». Christina se la premette contro il petto.

Linda continuò ad accarezzarle il seno con la bocca, ma si sostenne con una mano per toccarla con l'altra. Si spostò verso il basso, strofinando ogni costola e ogni neo che incontrava sul suo cammino.

Christina si ritrovò ad ansimare. La lingua e la bocca di Linda erano miracoli della natura. La donna sembrava sapere fino al più minuscolo dettaglio cosa fare per farla impazzire.

Teneramente, Linda le accarezzò la pancia fino ad arrivare al pube. Ma invece di abbassarsi, si fermò. Con uno schiocco, le lasciò andare il capezzolo.

Christina aprì gli occhi e la scrutò. *Come? Già finito?*

Linda aveva gli occhi che rilucevano di passione, e le guance rosse. «Voglio assaggiarti». Si leccò le labbra per sottolineare il concetto.

Con un gemito, Christina si lasciò ricadere sul letto. Se era un sogno, non voleva svegliarsi mai più. «Dio, sì. Ti prego».

Linda le scoccò un bacio rapido sulla bocca.

Un secondo dopo, Christina sentì che le apriva le gambe e le esplorava la pancia, l'inguine, e infine le cosce con le labbra. Sentì la bocca di Linda avvicinarsi sempre più al suo centro.

«Mhmm... è salato» mormorò Linda. Nello stesso istante, Christina avvertì la lingua che passava dall'apertura al clitoride.

Sussultò e abbassò rapidamente lo sguardo. Era davvero la prima volta, per Linda? Accidenti, aveva un talento naturale.

Linda aveva gli occhi chiusi e le teneva le gambe. Le prese in bocca il clitoride e lo succhiò gentilmente mentre muoveva la lingua a cerchio.

Christina aveva il fiato corto. Il mondo che la circondava aveva cessato di esistere: percepiva solo quello che le faceva Linda. *Ancora, ancora.* Con entrambe le mani, si premette il viso della donna fra le gambe.

Linda continuò a muovere la lingua avanti e indietro.

«Sì... sì... oh, sì». Christina sollevò i fianchi senza rendersene conto. Non le era mai successo di reagire in quel modo. Sentiva il calore montarle nel corpo, tutto teso a cogliere il ritmo di Linda. Il pulsare nel centro si diffuse e sembrò inghiottirle il corpo intero. «Dio, sto venendo!» Christina si aggrappò alle spalle della donna.

Linda mugolò, ma non disse niente.

Christina espirò, e il battito del cuore rallentò. La morsa sulle spalle di Linda divenne un abbraccio dolce. Intontita, sollevò la testa. «Vieni qui» disse con voce roca.

Linda aveva un mezzo sorriso sulle labbra, ma sembrava incerto, come se aspettasse una qualche rassicurazione sul suo operato.

Christina afferrò una manciata di fazzoletti dal comodino e glieli porse. Con un sorriso, le disse: «Vorrai darti una ripulita».

Esitando, Linda li prese e si asciugò la bocca, evitando il suo sguardo. Si sporse e gettò i fazzoletti umidi nel cestino accanto alla scrivania. Gli altri finirono sull'altro lato del letto.

«Vieni qui». Christina era in vena di intimità.

Con un movimento lento, Linda si rannicchiò accanto a lei.

«Stringimi» sussurrò Christina, abbracciandola.

Linda la cinse con un braccio e una gamba.

Per qualche secondo, rimasero distese in silenzio. Poi Christina disse piano: «Sei incredibile».

Linda si sollevò su un gomito e le studiò il viso. «In senso buono o cattivo?»

Christina rimase a bocca aperta. «Scherzi?»

«Uhm, no».

«Buono». Christina si stiracchiò. «È la prima volta che... non mi era mai... Sei fantastica».

Con un sorriso da orecchio a orecchio, Linda rispose: «Grazie. Anche tu».

Entrambe scoppiarono a ridere.

«E adesso?» chiese Linda quando la risata si spense.

«In che senso? Vuoi farlo di nuovo?» *Di' di sì. Ti prego, di' di sì.*

Linda le lanciò uno sguardo malizioso. «È una proposta?»

«Se la risposta è sì, allora sì».

«Sì». Linda fece una risatina da adolescente.

Con un sorriso, Christina l'attirò a sé e le diede un bacio appassionato. Sarebbe stata una lunga notte.

Christina aprì gli occhi. Sbatté le palpebre alla luce del sole che arrivava dalla finestra. Uno sguardo alla sveglia sul comodino oltre la figura di Linda ancora addormentata le disse che erano le undici e mezza. Nei fine settimana, quando lavorava tutta la notte, le piaceva attardarsi a letto. Ma al contrario di adesso, al risveglio era fresca come una rosa. *Quand'è che ci siamo messe a letto?* Messe a letto? No, la vera domanda era quand'è che si erano addormentate. Il sole era sorto da un pezzo quando si erano fermate, sfinite. Linda sembrava non saziarsi mai del sesso, né di lei. *Sii sincera. Neanche tu ne avevi mai abbastanza.* Senza dubbio, qualche muscolo avrebbe protestato per le attività della notte trascorsa. Ma ne era valsa la pena. Non le era mai capitato di... *Che succede?* Era Linda che le mordicchiava il collo? «Che stai facendo?»

«A te cosa sembra?» mormorò Linda, facendole scorrere la lingua sulla pelle.

«Mi sembra che tu non sia ancora sazia, nonostante la nottata» rispose Christina con un ghigno.

«E se così fosse?» Linda le passò le mani dalle spalle al seno, accarezzandole dolcemente le curve soffici.

Christina chiuse gli occhi ed emise un gemito di godimento. Linda sapeva come le piaceva essere toccata. Eppure... Christina spalancò gli occhi. «Ti direi che devo andare in bagno, ma non so se riesco ancora a camminare».

Linda, che era impegnata a esplorarle un seno con la bocca, sollevò la testa e le sorrise. «Ora che mi ci fai pensare, devo andarci anch'io. Facciamo così: vado in bagno e mi faccio una doccia veloce, dopodiché te lo cedo e io intanto preparo la colazione. Dopo mangiato, decidiamo cosa fare col tempo che ci resta. Che ne dici?»

Christina esaminò Linda, che giaceva stesa su di lei. Come faceva a essere così bella dopo una notte di sesso e così poche ore di sonno? Anche coi capelli ingarbugliati, era irresistibile. Le ultime ore erano trascorse come un sogno, e il benessere che aveva provato fra le sue braccia... *Un attimo.* Benessere? Ridicolo. Dopo tutto, Linda era...

«A che pensi?»

«Mhm?»

«Sei così seria» aggiunse Linda. «A cosa pensi?»

Devo dirle la verità? Certo che no. Non c'era una risposta. Erano tutte sciocchezze, ecco cos'erano. Probabilmente è la stanchezza. Ma una cosa era sicura: «Mi piace stare con te».

Come al rallentatore, Linda le accarezzò la guancia col dorso della mano. «Anche a me».

Quando i loro sguardi si incontrarono, il tempo sembrò fermarsi.

Poi Christina le sfiorò la schiena con le dita.

Linda chiuse gli occhi. Dopo qualche secondo, li riaprì e si alzò in piedi. «Se non ci alziamo, resteremo a letto tutto il giorno».

Senza il calore di Linda, Christina rabbrividì. Si tirò su la coperta fino al collo.

«Richieste particolari?» chiese Linda sedendo sul bordo del letto mentre recuperava la vestaglia.

«Toast e succo d'arancia, se possibile».

Linda si alzò in piedi, indossò la vestaglia e l'allacciò. «Non hai tante pretese».

Christina le lanciò un sorriso smagliante. Aveva a malapena chiuso occhio, eppure stentava a ricordare di essersi svegliata così gioiosa. Era mai stata veramente felice? Contenta sì, ma felice... no. *Piantala di rimuginarci. È una mattina splendida. Goditela.* Raddrizzò la schiena e diede a Linda un bacetto sulle labbra. «Proprio no».

Christina stava scendendo dal letto quando Linda uscì dal bagno. «Come mai sei tutta rossa?» *Si vergogna di ieri notte?*

Linda abbassò lo sguardo. Le guance parvero assumere un colore ancora più intenso. «È che ho le gambe che mi tremano» mormorò a viso basso.

Ops. Christina cercò di restare seria, ma senza successo. Le scappò un risolino, dopodiché scoppiò a ridere.

Linda la fissò impassibile. «Non è divertente».

Christina prese fiato, ma non riusciva a smettere di ridere. Le vennero le lacrime agli occhi. «Invece sì».

Linda incrociò le braccia al petto. «È già abbastanza imbarazzante senza che tu ti metta a ridermi in faccia».

Diceva sul serio? Christina smise di ridere. «Uhm. Scusami... ma non ridevo di te. Davvero».

L'altra inarcò un sopracciglio con aria scettica.

Con un mezzo gemito, Christina si alzò e si trascinò verso Linda, in piedi poco lontano. Anche lei aveva più dolorini del previsto. Lo sguardo di Linda sul suo corpo nudo le ricordò le carezze della notte passata.

Ma la donna era ancora rigida e impettita.

Christina le si fermò di fronte. «Pensi che a me non facciano male?»

Linda sciolse le braccia e scrollò le spalle.

«La risposta è sì, fanno male anche a me. Cavolo, non ho mai fatto tanto sesso in così poco tempo. Non che mi lamenti» concluse, ammiccando.

Linda arrossì di nuovo.

Christina le prese una mano, se la portò alle labbra e la sfiorò con un bacio.

Linda la seguì con lo sguardo e si chinò in avanti. Lentamente, le diede un bacio sulla bocca prima di staccarsi. «Preparo la colazione».

«D'accordo». Su gambe un poco vacillanti, Christina si avviò in bagno.

***

Linda spostò per l'ennesima volta il bicchiere di succo verso sinistra. Poi lo riportò a destra. Voleva che fosse tutto perfetto. Il più perfetto possibile date le circostanze. Passò in rassegna la tavola apparecchiata. Che ci faceva la saliera? Non c'erano uova. Scuotendo la testa, afferrò il sale e si alzò in piedi. Prese due fette di pane e le infilò nel tostapane. Tamburellò le unghie corte sul bancone. Come mai ci metteva tanto?

Christina entrò nella stanza con un asciugamano sui capelli.

Linda si bloccò e la guardò.

Si scambiarono un'occhiata, entrambe immobili.

Linda sentiva il cuore martellarle contro la gabbia toracica. Fece scorrere lo sguardo sul corpo di Christina, celato solo dalla vestaglia bianca. *Dio, è davvero sexy.* I pensieri si interruppero quando la vide avvicinarsi e sedere al tavolo. *Cosa dovevo fare?* Con un *click*, il tostapane sputò fuori due fette. Linda le prese al volo, e subito le lasciò andare. «Ahia. Accidenti». Una delle due stava per cadere dal bancone. Senza scottarsi, riuscì a prenderla e buttarla nel paniere di fronte a Christina. Poi fece lo stesso con l'altra fetta. Infine, con le guance in fiamme, Linda si sedette. «Scusa».

Christina le sorrise ma non disse niente.

Dopo che ebbe preso una fetta di pane dal cestino, Linda la imitò e cominciò a imburrare l'altra. Poi aggiunse uno strato di marmellata. Diede un bel morso. Forse, se avessero fatto colazione come se niente fosse, Christina avrebbe scordato la sua goffaggine. Ma la donna sembrava seguire ogni suo movimento con la coda dell'occhio. E non aveva ancora iniziato a mangiare.

Dopo qualche secondo, Linda posò il toast e le rivolse un sorriso timido. «Che c'è?» D'accordo, era un impiastro, ma non era un buon motivo per fissarla in quel modo.

Christina fece un cenno al barattolo di marmellata. «Frutto della passione? Com'è?»

Oh. È la marmellata che le interessa, non io. Linda abbassò un attimo lo sguardo. Come ho fatto a illudermi così? Sono proprio stupida. «Non l'hai mai provata?»

«No».

Linda guardò il proprio toast mezzo mangiucchiato. «Vuoi assaggiarla?»

«Volentieri».

Linda le porse la fetta di pane.

Christina diede un morso, scrutandola negli occhi. Per poco non le staccò un dito.

«Ehi, guarda che mi servono, se dopo torniamo a letto» disse Linda con un sorriso audace.

«Squisito». Christina ridacchiò. «Oh, era una proposta?» Linda rimase a bocca aperta. Christina le stava facendo il verso della sera prima. Cosa poteva rispondere? *Sì, sì, sì?* Annuì con fare esitante.

Christina le sfilò il toast di mano e l'appoggiò sul piatto di fronte.

Cosa sta facendo?

Con un sorriso, bevve un sorso di succo d'arancia e le afferrò la mano.

«Che cosa...?»

Si alzò, trascinando Linda con sé. Senza preavviso, premette la bocca contro la sua, penetrandola con la lingua.

Linda gemette di piacere. Il suo corpo sembrava avere un solo obiettivo: sentire la pelle nuda di Christina contro la sua. Con le mani le slacciò la vestaglia, sfilandogliela dalle spalle di seta, accarezzando ogni centimetro di pelle nuda con cui entrava in contatto. Quando avvertì l'aria fredda sul corpo bollente, Linda si rese conto che non aveva più indosso nulla. Come aveva fatto Christina a...? «Ahh». La donna le strinse i glutei fra le mani mentre con la lingua le esplorava il collo.

«Andia... ahnn... andiamo a letto» mormorò Christina senza interrompere l'assalto al suo collo.

«Okay». Linda sussultò e fece un passo indietro. Le mani di Christina sembravano essere dappertutto, ed era una sensazione pazzesca. Al passo successivo, Linda si inciampò. Un attimo dopo si ritrovò stesa sul pavimento, con Christina sopra di sé.

«Oddio, ti sei fatta male?» Christina si sollevò sulle braccia, scrutandola con gli occhi sgranati.

Linda scosse la testa. «E tu?»

«Io sto bene». Lentamente, la donna si passò la lingua rosso scuro sulle labbra. «Dove eravamo rimaste?»

«Siamo in cucina» ridacchiò Linda.

«E allora? Se non sbaglio, hai i pavimenti riscaldati...»

«Ehm, sì, ma...»

Christina si fece seria. «Prendimi. Qui, subito».

Linda rimase sorpresa. *Sul pavimento della cucina?* Ma chi era lei per dirle di no?

Linda le accarezzava la schiena, crogiolandosi nel tepore del corpo che in parte copriva il suo. La pelle di Christina era così calda, così... liscia. Sospirò. Era incredibile quanto fosse rilassante. Lasciò vagare lo sguardo per la stanza, finché non notò la sveglia sul comodino. Fu come un dolore fisico. *Oh, no.* «Christina?»

«Mhmm?»

«Dobbiamo alzarci».

Pigramente, la donna riaprì gli occhi. «Perché?»

«Il tuo volo parte fra due ore».

Christina la fissò con occhi spalancati.

Linda indicò la sveglia.

Christina rimase immobile. Poi si spostò di lato e sedette sul bordo del letto. Inspirò a fondo, si alzò e andò a recuperare il borsone abbandonato di fronte all'armadio. Uscì dalla stanza senza girarsi.

Linda sentì lo stomaco contrarsi. Erano giunte al termine... dell'accordo.

Christina chiuse gli occhi mentre il getto della doccia le sferzava il viso e la faccia. Era solo un lavoro. Nient'altro. Che accidenti le prendeva? Perché questa sensazione, come se partire fosse sbagliato? *D'accordo, il sesso è stato piacevole, però... Un attimo! Piacevole? È stato spettacolare. Ma non cambia la sostanza. Ti ha pagata. Era solo un lavoro, nient'altro.* Queste frasi divennero il suo mantra.

Si lavò corpo e capelli due volte. Non si sentiva né sporca né usata, ma voleva lavar via il ricordo di Linda, quella sensazione di benessere e di gioia. Non perché fosse quello che desiderava, ma perché era la cosa giusta. Sì, era la cosa giusta da fare.

Christina uscì dal bagno a spalle dritte. Aveva ancora i capelli bagnati. Indossava dei pantaloni larghi verde militare, e la canotta nera le aderiva alla pelle umida.

Linda rimase a fissarla. *Che bellezza mozzafiato.* Non appena Christina si era chiusa in bagno, Linda si era affrettata a rivestirsi. Ora indossava dei blue jeans e una maglietta bianca. Niente di spettacolare, ma sufficiente per il viaggio in macchina fino all'aeroporto.

Christina aggrottò la fronte e le chiese: «Perché ti sei vestita?»

«Ti accompagno in aeroporto».

«Non penso sia una buona idea».

Le parole la travolsero come un colpo al plesso solare. *Ha il diritto di decidere. Tu sei solo una... una... una cliente.*

«Come vuoi. Ti chiamo un taxi, allora». Linda si avvicinò al comodino, dove teneva il portafogli. Prese una banconota da cento euro e gliela porse.

Christina la guardò ma non accennò a prenderla.

Linda fece un mezzo passo in avanti. «Sono per il taxi».

Spostando lo sguardo dalla banconota al suo viso, Christina disse: «È troppo».

«Prendili. Ti prego. Puoi lasciarli di mancia al tassista, o comprarti qualcosa in aeroporto».

Christina aprì la bocca, ma non disse niente. Annuì invece, e accettò il denaro.

Linda prese il telefono accanto al letto e chiamò un taxi. Poi gettò il telefono sul letto. Insieme, camminarono fino alla porta d'ingresso. Per Linda ogni passo era più difficile del precedente. *Non voglio. Non voglio.*

Christina si girò verso di lei. Le prese la nuca con la mano destra e la tirò giù.

Si scambiarono un bacio tenero e profondo.

Linda si sentì avvolgere dal calore, ma non era solo eccitazione. Voleva stringere Christina e non lasciarla più andare, voleva godere del suo tepore e del suo profumo per un altro po'. Dirle addio era quasi un dolore fisico. Tuttavia, dopo qualche secondo si scostarono, entrambe col fiato pesante.

Christina le accarezzò una guancia rovente. «Addio».

Linda rimase zitta. La guardò aprire la porta e richiudersela alle spalle. Si appoggiò alla parete e abbassò le palpebre. Le bruciavano gli occhi.

«Ciao, io sono Chantal. Grazie per avermi chiamata».

«Ehi, io sono Reinhard» ansimò una voce maschile all'altro capo della linea.

Si prospettava una cosa veloce. «Reinhard. Mi sembri proprio uno stallone arrapato. Posso essere la tua puledrina?» sussurrò Christina, mugolando nel telefono mentre piegava la biancheria appena pescata dall'asciugatrice. Si bloccò quando sentì il cliente gemere rumorosamente. Era stato di gran lunga il più veloce della serata. «Reinhard, non dirmi che sei venuto senza di me?» disse, in tono offeso.

Non vi fu risposta, perché l'uomo riattaccò.

«Fantastico. Altre due chiamate come questa e avrò i soldi per comprarmi uno snack al cioccolato». Negli ultimi tempi, Christina era di cattivo umore. A essere precisi, da tre settimane. Da quella cosa con Linda.

Linda. Si concesse di tornare con la mente a quella bellezza dai capelli scuri. Non passava giorno, forse neanche ora, senza che pensasse a lei.

Era partita controvoglia. All'aeroporto, aveva pensato di tornare indietro. Ma a cosa poteva portare quella storia? Linda l'aveva pagata – e anche bene – per il tempo trascorso insieme. Era solo sesso. Giusto?

Giusto. E allora perché il pensiero tornava continuamente a Linda?

Stentava a crederci lei stessa, ma non si sentiva affatto usata. Solo una volta si era sentita male: il giorno dopo il ritorno a Colonia, quando era andata a prendere i cinquemila euro nello studio dell'avvocato. Non le sembrava di aver fatto niente per meritare tutti quei soldi. Cristo, con tutte le volte che Linda l'aveva portata all'orgasmo, avrebbe dovuto essere lei a pagarla, non il contrario. Il contatto fisico con Linda era stato stupendo, e i suoi baci... oh, quanto era brava. Alle volte era così tenera che Christina si smarriva nel bacio, e altre così ardita che le incendiava il corpo intero.

Christina chiuse gli occhi, e le apparve l'immagine della donna. In piedi, mezza svestita. Timida eppure risoluta. L'espressione sul suo viso quando veniva. Il modo in cui si era coperta gli occhi durante le scene più spaventose del film, o come leccava il cucchiaio mentre mangiava il gelato.

Christina aprì gli occhi e scosse la testa. Non era una ragazzina innamorata. Tanto per cominciare, aveva passato la trentina; e poi, non era innamorata. Era impossibile. Non aveva trascorso nemmeno ventiquattr'ore con Linda, e per la maggior parte del tempo non si erano rivolte la parola. Non esisteva l'amore a prima vista. Perché continuava a pensarci? Quel che era stato era stato.

Scosse la testa e riprese a piegare la biancheria. Sperava di ricevere presto una telefonata più redditizia.

«E poi c'è Christian».

Linda sbatté le palpebre. «Chi?»

La paziente, Miriam Behringer, la scrutò da dietro gli occhiali. «Christian. Il mio ragazzo».

«Ah, sì. Ma certo. Come va con Christian?» Come spesso le capitava nelle ultime settimane, i pensieri erano tornati su Christina, e per un attimo le era parso che la donna avesse detto il suo nome. *Concentrati, accidenti.*

«Ieri notte... avevamo appena... uhm, ha capito... e poi lui mi ha guardato e ha detto che la prossima volta vuole stare lui sopra, perché sono ingrassata».

Linda rimase impassibile, ma anche lei aveva notato che negli ultimi mesi la giovane aveva messo su peso – principalmente per via della relazione segreta che intratteneva col gelato. «E tu come ti sei sentita?»

La paziente si soffiò il naso, dopodiché la fissò. «Lei come si sarebbe sentita?»

«Ferita, penso».

La signorina Behringer incrociò le braccia. «Sì. Mi sono sentita così».

Linda si appoggiò allo schienale della sedia. «E che cosa hai fatto?»

«Sono andata in cucina e ho mangiato un po' di gelato. Per sentirmi meglio».

Oh, fantastico. Linda represse l'impulso di alzare gli occhi al cielo. «Ne abbiamo già parlato» disse invece in tono calmo, professionale. «Quello che vuoi veramente non è il gelato. Il gelato è una compensazione».

La donna fece un gesto con le mani. «Lo so, ma è buono e mi aiuta a calmarmi».

«E che cos'altro ti aiuta a calmarti?»

«Niente».

Linda inspirò a fondo. «Cosa facevi in passato quando eri stressata? Prima di iniziare a mangiare il gelato».

La ragazza mise il broncio. «Non lo so».

Linda allungò un braccio, prese la tazza e bevve un lungo sorso di tè. A volte aveva l'impressione che questa paziente non volesse farsi aiutare. Capitava spesso che si impuntasse, come adesso. «Prova a pensarci». Posò lo sguardo sull'orologio sopra la porta. «Oh, per oggi abbiamo finito. Cerca di ricordare cosa facevi in passato per combattere lo stress. Abbiamo già fissato il prossimo appuntamento?»

«Sì. Giovedì prossimo, di nuovo alle sette».

«Perfetto. Buona serata, allora».

La signorina Behringer annuì.

Si alzarono entrambe in piedi, e Linda le strinse la mano. Poi l'accompagnò alla porta e finalmente rimase sola nello studio.

Come spesso aveva fatto in ogni istante libero dell'ultimo mese, tornò a pensare a Christina. Chissà cosa stava facendo in quel momento. Lavorava? Chissà se per lei il sesso telefonico equivaleva a farsi pagare per farlo dal vivo. *Che sciocchezza. È per forza diverso. No?*

Nel tempo trascorso insieme, Christina sembrava essersi divertita quanto lei. D'altro canto, Linda non sapeva esattamente cosa le fosse passato per la testa. Continuava a ripetersi che quel desiderio per l'altra donna era in realtà un desiderio per il sesso e l'intimità. Scosse la testa. *Sei uguale alle tue pazienti. Menti a te stessa.* Le mancava Christina. La sua risata, il suo sguardo intenso, il modo in cui parlava e si muoveva, e la sua allegria. Fra una capriola tra le lenzuola e l'altra, avevano parlato e scherzato, e anche quello le mancava. Com'era possibile che poche ore in compagnia di una sconosciuta l'avessero scombussolata a tal punto e avessero stravolto così tanto la sua vita?

———— ◆◇◆ ————

Mugolando, Christina lasciò cadere lo zaino accanto al comò e chiuse la porta con un calcio. «Dio, questa giornata non finiva più» mormorò mentre si trascinava in cucina e buttava la posta sul tavolo. Con un gemito, si lasciò cadere sulla sedia. Era esausta. La notte scorsa aveva racimolato una bella sommetta, ma un'ora sola di sonno non bastava a sopravvivere a una giornata intera di lezioni. *Dovrei riposarmi di più. Con i soldi di Linda, potrei lavorare un po' di meno.* Linda. Chissà cosa stava facendo in quel momento.

Christina sussultò quando sentì squillare il cellulare. Trafficò goffamente fino a estrarlo dalla tasca dei pantaloni troppo stretti. «Sì?»

«Ciao, Chris, sono Maike».

Christina controllò l'orologio. *Ci siamo salutate venti minuti fa. Che cosa vuole?* «Ciao. Che succede?»

«Stavo guardando i compiti di matematica per domani. Tu lo sai fare l'esercizio quattro?»

Christina si lasciò quasi sfuggire un gemito di protesta. Che accidenti gliene fregava dell'esercizio quattro? «Non lo so, sono appena entrata in casa». *E c'è un letto comodo che mi aspetta, perciò va' a seccare qualcun altro.*

«Oh. Beh, in realtà nemmeno io ho cominciato. Vuoi che passi da te più tardi, così li facciamo insieme?»

Christina rimase a fissare il cellulare inebetita. Cos'era, uno scherzo? Quale parte di "scusa, non sei il mio tipo" Maike non aveva compreso? «No, non... non posso. Devo lavorare».

«Oh. Che lavoro fai?»

Merda. «Ehm, lavoro in un call center».

«Wow! Anche mio zio lavo—»

«Scusa, Maike, ma devo proprio andare. Ci vediamo domani, okay?»

Silenzio.

«Maike?»

«Sì, certo. A domani».

«Ciao». Christina terminò la chiamata. *Dio, che seccatura.* Si rimise il cellulare nella tasca e prese la pila di lettere sul tavolo. Pubblicità, pubblicità, cartolina della zia Liselotte, pubblicità, lettera di uno studio legale...? Era lo stesso avvocato che aveva fatto da tramite con Linda. Cosa voleva? Lo aveva pagato Linda, no? Aprì rapidamente la busta. Conteneva due lettere. La prima era dell'avvocato, che spiegava che l'altro "firmatario dell'accordo" voleva mettersi in contatto con lei. Con mani tremanti, spiegò l'altra lettera e la lesse.

Cara Christina,

Spero che questa lettera non ti risulti sgradita o molesta. Non ti ho chiamata al telefono per non essere troppo assillante. Se non rispondi, non proverò a ricontattarti.

Il motivo per cui ti scrivo è che non riesco a dimenticarti. Abbiamo trascorso poco tempo insieme, e rimpiango di non averti conosciuta meglio. Mi sei sembrata una donna speciale, e sarei onorata se potessi invitarti a cena o a bere un caffè.

Se ti va, puoi chiamarmi a questo numero: 030 4673966

Mi piacerebbe tanto risentirti.

Se non vuoi più avere nulla a che fare con me, lo capirò, ma vorrei almeno che sapessi che il tempo trascorso con te è stato molto importante, e che non ti dimenticherò mai.

Linda

Christina rimase a fissare la lettera senza muovere un muscolo. La rilesse dal principio. E poi di nuovo. Infine, l'appoggiò sul tavolo.

———◆━◇◆◇━◆———

Driiin. Driiin. Driiin. Linda incespicò fino al telefono. *Dev'essere lei. Sono tre giorni che le è arrivata la lettera. Forse persino quattro. Sì, sono sicura che è lei. Stai calma.* Inspirò ed espirò a fondo. Con la mano che tremava, sollevò la cornetta. «Linda Klemens».

«Salve, sono Hannah Bäcker».

Linda chiuse un attimo gli occhi prima di riaprirli. Si lasciò cadere sul divano. «Salve, signora Bäcker. Come posso aiutarla?»

«Devo cancellare il nostro incontro di lunedì. La babysitter si è rotta una caviglia e non può occuparsi di Mia».

«Capisco». Linda prese il calendario sul tavolino. «Non c'è problema. A che ora era la seduta?»

«Alle tre».

Prese la penna agganciata al calendario e cancellò l'appuntamento tirandoci una riga sopra. «Okay. Mi chiami appena si libera. Possiamo metterci d'accordo per vederci quando la bambina è all'asilo».

«La ringrazio, signora Klemens».

«Lei come sta?»

«Insomma. Mia non dorme bene la notte, così io divento nervosa».

«Ha pensato al mio consiglio?»

La signora Bäcker sospirò. «Non so se è una buona idea. Non gliene è mai importato niente di me».

Linda si staccò un pelucco dal maglione. «La decisione spetta a lei».

«Ma secondo lei dovrei permettergli di vedere sua figlia» disse la donna.

«La bambina non lo vede da settimane. E da quel che mi ha raccontato, mi sembra di capire che lui sia sempre stato un padre affettuoso. Forse anche Mia ne sente la mancanza». Di norma, Linda cercava sempre di non esprimere la propria opinione, ma in questo caso faticava a trattenersi. Forse era poco professionale da parte sua, ma l'idea di dividere un padre dalla figlia solo perché il matrimonio non funzionava... Linda chiuse gli occhi. Un bambino non dovrebbe mai sentire nostalgia per i genitori.

La signora Bäcker rimase in silenzio. Dopo qualche secondo, disse: «Ci penserò».

Linda riaprì gli occhi. *Qui non si parla di te. Riprenditi.* «Non è facile essere una madre single, ma da quel che vedo, lei se la sta cavando egregiamente».

«Grazie».

Linda si alzò in piedi. «Mi chiami se ha bisogno di me o se vuole fissare l'appuntamento. Sono certa che troveremo una soluzione».

«Non so cosa farei senza di lei».

«Se la caverebbe alla grande. Finora è andata benissimo, può andarne fiera».

«Grazie ancora, dottoressa. Buona serata».

«Buona serata a lei». Linda terminò la chiamata e si spostò pigramente in cucina. Prese un bicchiere dalla credenza e lo riempì al lavandino. Scosse la testa. Ultimamente si sentiva molto più emotiva del solito. Bevve un lungo sorso.

Squillò di nuovo il telefono. *Christina!* Posò il bicchiere di colpo, corse in salotto e prese il cordless dal tavolino. «Linda Klemens».

«Buonasera, signora Klemens. Io sono Lasser» disse una voce di donna «e la chiamo per conto della Sedacom. Vorremmo proporle un nuovo prodotto che la Sedacom sta per lanciare sul...»

«Signorina Lasser». Linda inspirò a fondo. «Purtroppo sono piena di debiti. Gli ufficiali giudiziari sono già venuti due volte a pignorarmi i mobili. Perciò, a meno che questo prodotto non sia gratuito, mi trovo costretta a rifiutare».

All'altro capo della linea calò il silenzio. Un *click*, e la chiamata si interruppe.

Sul volto di Linda si dipinse un ghigno. *Funziona sempre.* Non aveva ancora posato il telefono che ricominciò a suonare. *Oggi proprio non ho pace.* «Linda Klemens».

Dal telefono le giunse un sospiro quieto ma nervoso.

Linda sollevò un sopracciglio. «Pronto?»

Ancora niente.

Che fosse un paziente? Forse la signora Gänzler. Durante l'ultima seduta le era sembrata un po' instabile. «Va tutto bene?»

«Sono Christina». La voce tremava.

Linda rimase a fissare il pavimento di legno freddo sotto i suoi piedi altrettanto freddi. Aveva atteso tanto quella chiamata. Si era immaginata tutto il dialogo, frase per frase. Aveva programmato ogni parola da dire. Ma ora non riusciva a pensare a niente. Vuoto totale.

«Linda?»

Si schiarì la voce. «Ci sono». *Ho la voce roca?*

Per un attimo regnò il silenzio. «Non puoi parlare?» chiese infine Christina.

«No, no, posso. Mi fa piacere sentirti. Come stai?» Linda sprofondò sul divano e si infilò i piedi ghiacciati sotto le gambe.

«Bene». Dopo una pausa, Christina aggiunse: «Ho ricevuto la tua lettera».

Oddio, cosa le rispondo? «Beh, certo che l'hai ricevuta, sennò non avresti il mio numero»? No. «Fantastico, come va»? No. Linda si morse il labbro. Mantieni la calma. «Sono felice che tu mi abbia chiamata».

Dalla cornetta le giunse un fruscio, dopodiché Christina disse: «Non mi aspettavo di risentirti».

Cosa le rispondo? Linda si guardò intorno nel panico. La verità. Dille la verità. «Non riuscivo a dimenticarti».

Silenzio.

«Nemmeno io» rispose piano Christina.

Linda sentì il cuore martellarle nelle orecchie. «Posso invitarti a cena?»

«Ti ricordo che vivi a Berlino, e io a Colonia».

Linda sorrise. «Potrei venire lì il prossimo weekend e fermarmi a dormire». Quando l'altra non rispose, si affrettò ad aggiungere: «In hotel, ovviamente».

Udì una specie di scricchiolio. «Non lo so».

Lentamente, Linda espirò il fiato trattenuto. Christina l'aveva chiamata – c'era speranza. *Vacci piano. Non metterle ansia.* «Proposta: parliamo un po' al telefono, così da conoscerci meglio. Non c'è fretta. Così avrai tempo per decidere se vuoi rivedermi. Uhm, se posso invitarti a cena. Che ne pensi?»

Di nuovo quell'atroce silenzio. Il ticchettio dell'orologio alle sue spalle era quasi assordante.

«D'accordo».

Linda esultò fra sé. *Sì!* «Hai tempo per fare due chiacchiere, o devi lavorare?»

«Ti sto chiamando dal mio numero personale. Finché non mi cercano di là, sono libera».

«Okay. Dunque...» Linda picchiettò le dita sullo schienale del divano. Di solito non faceva alcuna fatica ad attaccare bottone con gli altri. Faceva parte del suo lavoro. Ma adesso, con Christina, non sapeva proprio che cosa dire.

Christina si schiarì la voce. «Che cosa fai?»

«Ehm... sono in salotto, sul divano, a parlare al telefono».

Christina rise. «E prima che ti chiamassi?»

Con un sorriso, Linda rispose: «Mi sono liberata di una che voleva vendermi qualcosa, e prima ancora ho parlato al telefono con una paziente. Doveva cancellare un appuntamento».

«Succede spesso che ti chiamino a casa?»

«A volte. Di solito per prenotare le sedute, ma è capitato anche che mi chiamassero perché erano in crisi».

«Mhmm, quindi in sostanza sei in servizio ventiquattr'ore al giorno, sette giorni su sette. Non è stressante?»

Linda fece spallucce. «Non direi. Non è che mi chiamino ogni momento. E nei due anni da quando ho aperto lo studio privato, mi hanno cercata solo una volta nel cuore della notte».

«Nel cuore della notte?»

«Sì. Era un'emergenza. La paziente è dovuta andare in ospedale».

«Oh».

Linda alzò gli occhi al cielo. *Non annoiarla con queste chiacchiere sul lavoro.* «Basta parlare di me. Tu cosa stai facendo?»

«Sono seduta a letto, a parlare al telefono con te».

A Linda scappò un sorriso. «Davvero?»

«Mhmmm».

«E prima?»

«Cercavo di fare i compiti, ma sono una vera schiappa in matematica».

«Matematica?» *Sì! Dettagli della sua vita privata!*

«Sì, per l'Abitur».

Oh. «Capisco. Mhm... *a che punto siete del programma? Ero brava in matematica, magari posso aiutarti».*

«Ho ricominciato da poco, per cui sono ancora all'inizio. Ma avendo frequentato solo l'Hauptschule, non sono argomenti semplici per me. Ed è passato un sacco di tempo dall'ultima volta che ho dovuto studiare».

Linda stava per portarsi la mano alla bocca, ma si fermò all'ultimo secondo. Aveva smesso da anni di mangiarsi le unghie. *Le chiedo la storia della sua vita o cerco di aiutarla con i compiti? Ti parlerà lei di sé, se lo vuole. Spero.* Si tormentò una cucitura dei pantaloni. Aiutare Christina poteva contribuire a entrare nelle sue grazie, perciò optò per quello. «Come sono gli esercizi?»

«Posso dettarti? Hai carta e penna?»

«No, aspetta un attimo». Col telefono ancora all'orecchio, Linda balzò in piedi, corse in ufficio e accese la luce. Prese qualche foglio bianco dal cassetto e una penna dal portamatite prima di sedere alla scrivania. «Va».

«Quattro x alla seconda fratto tre x alla seconda più cinque x meno, uhm, tre... uguale sette x».

«Okay, scritto. Qual è la parte che ti dà problemi?»

«Non capisco niente». Dal telefono le arrivò un cigolio, come se Christina si fosse messa più comoda sul letto.

Linda ebbe un flash della donna stesa sul suo letto, addormentata. Nuda, a malapena coperta dal lenzuolo. Si ritrovò la bocca secca e si sforzò di deglutire. *Concentrati, accidenti.* Dall'incontro di tutte quelle settimane prima, continuava a tornare ai ricordi del tempo trascorso insieme. Ma non era il momento di sognare a occhi aperti.

«Non so nemmeno da dove cominciare. Lo so che è un esercizio base. Abbiamo appena iniziato l'argomento. Ma non so proprio come si risolva».

Linda studiò l'equazione. «Okay, la buona notizia è che posso aiutarti. Cominciamo con...»

Driiin. Driiin. Driiin.

«Cavolo, è un cliente. Scusami».

Linda sbatté le palpebre. Come aveva fatto a dimenticare quello che Christina faceva per vivere? «Tranquilla. Vuoi che aspetti?»

«Non ti dispiace sorbirti tutto? Posso richiamarti...»

Il telefono continuava a squillare.

«Rispondi. Ti aspetto».

«Okay». Christina si schiarì la voce, dopodiché disse: «Ciao, io sono Chantal. Grazie per avermi chiamata... Ciao, Friedrich. Dimmi, cosa ti va di fare con me?»

Linda aveva dimenticato quella voce. Le venne la pelle d'oca, ed ebbe un flash del corpo seducente di Christina.

«Oh, sì, che meraviglia. Dimmi di più... Ohh, sì».

Linda strinse con più decisione la cornetta. Era rapita da ogni parola, ogni gemito e ogni sospiro di Christina. Dio, quanto la desiderava.

Christina ora taceva.

A quanto pareva, stava parlando il cliente. Il pensiero la riportò bruscamente sulla Terra. Christina stava parlando con un uomo. Un uomo che probabilmente era intento a masturbarsi. Di colpo, le venne la nausea. Si alzò e prese un bicchiere d'acqua dalla cucina. Bevve un lungo sorso, ma le andò quasi di traverso quando Christina disse: «Sono tutta bagnata... oh, sì, fai con comodo. Sì, così». Le parole erano più un gemito che altro.

Forse era infantile, ma Linda avrebbe voluto interrompere la chiamata in qualche modo. Quell'uomo non meritava di parlarle. Christina era molto più di una...

«Di più. Di più. Sì... ahnn!»

Linda digrignò i denti. Il corpo la tradiva. Si sentiva bagnata anche lei. Camminò spedita fino in salotto e sbatté il bicchiere mezzo pieno sul tavolino, versando alcune gocce. Mentre prendeva un fazzoletto per asciugare, si staccò dal telefono. La voce normale di Christina era molto più attraente. E gli uomini che... Linda inspirò a fondo. Gli uomini che la chiamavano non parlavano con la vera Christina, non conoscevano quella voce che incantava combinando forza e vulnerabilità. Quella voce apparteneva solo a lei. *A me? Non essere ridicola.* Doveva riprendere il controllo. Stringendo i denti, riprese in mano il telefono.

«Oh, sì... sssssì!»

Linda dovette deglutire. A quanto pareva, a Christina non spiaceva affatto quel lavoro. Come poteva...?

«Tu sì che ci sai fare con le donne» gemette. «Di più? Oh, sì, lo sai che mi piace. Ssssì... mhmm... sì... sì... sì!»

Linda sgranò gli occhi. Che le avesse mentito? Che fosse etero? *Che sto facendo? Non la conosco affatto.*

«È stato bellissimo» sussurrò Christina. «Ti prego, richiamami più tardi». Dopo un breve silenzio, aggiunse: «Grazie mille, dolcezza, ci conto. Alla prossima volta».

Linda sollevò il bicchiere e lo svuotò in un'unica sorsata. *Ammettilo. Sei eccitata.* Picchiettò il dito contro il vetro vuoto. Forse sì, ma al tempo stesso... Non sapeva bene cosa provava, ma non era una cosa piacevole.

Qualcuno si schiarì la voce all'altro capo della linea. «Linda?»

«Sì?» *Quella era la mia voce?* Sembrava avesse il mal di gola. Tossì.

«*Tutto a posto? Scusa se ci ho messo tanto*». Christina *sembrava del tutto normale. Era pazzesco quanto fosse duttile quella voce.*

È il suo lavoro. Tutto qui. Perlomeno, Linda sperava che fosse tutto lì. «*Non c'è problema. Uhm, dove eravamo rimaste?*»

«All'equazione. Ci ho pensato mentre lavoravo. Posso semplificare il quattro x alla seconda col tre x alla seconda?»

Linda corrugò la fronte. «Ci hai pensato mentre lavoravi?»

«Non avevo nient'altro da fare» rispose Christina. «La biancheria è già piegata e stirata, e il cordless è scarico, per cui non potevo uscire dalla stanza. Che cos'altro potevo inventarmi?»

Linda era sbalordita.

Christina scoppiò a ridere. «Credevi che stessi pensando di fare sesso con lui? O che fossi eccitata?»

«Ah... ehm...»

«Mi spiace deluderti. Intanto, non sono bisex, e poi interpretare Chantal mi provoca la stessa eccitazione dei notiziari in tv».

Per Linda fu come se le avessero levato un macigno dalle spalle. Inspirò profondamente. Sorrise, ma poi attaccò a ridere. *Sono una stupida.* «Devo ammetterlo, Christina, eri parecchio provocante».

«Grazie».

Linda posò il bicchiere sul tavolino, si appoggiò allo schienale e lasciò vagare lo sguardo. *Che attrice straordinaria. Chissà se...?* Dopo una pausa, le chiese: «Recitavi anche con me?»

Christina non rispose.

Dio, ma che stai facendo? Non ricordarle che eri una... Linda deglutì... cliente anche tu. Pur bramando una risposta, la domanda era decisamente prematura. «Scusami. Fa' finta che non te l'abbia chiesto».

Dopo un istante che sembrò durare una vita, Christina disse: «Ho semplificato il quattro x alla seconda con il tre x alla seconda. Adesso?»

Per questa volta ha chiuso un occhio. In futuro, Linda avrebbe fatto più attenzione a quello che diceva. Prese il foglio di carta su cui aveva annotato l'equazione. «Okay, proviamo a risolverla insieme».

⟶ ❈ ⟵

«Klemens».

«Che stai facendo?»

Linda sorrise felice. «Ciao, Christina. Buon pomeriggio anche a te. Come? Vuoi sapere come sto? Ma bene, grazie, e tu?»

«Taglia corto. Mi serve il tuo aiuto».

Linda si lasciò cadere sul divano. «Ah. Per cosa».

Sentì un fruscio provenire dalla linea. «Vado a vedere un musical. Ho appuntamento fra mezz'ora, e non so che cosa mettermi».

D'un tratto a Linda parve di avere un mattone nella pancia. «Hai appuntamento...?»

«Mhmm?»

«Hai detto che hai appuntamento...»

«Sì, con mia sorella. Mi ha regalato i biglietti per il compleanno».

Sorella? Linda tirò un sospiro di sollievo. Christina non usciva con un'aspirante fidanzata: l'appuntamento era con la sorella. Un momento. «Hai una sorella?»

«Due. Una più grande, una più piccola».

«Ah, ecco. Hai detto che ti ha regalato i biglietti per il compleanno. Quand'è?»

«Possiamo concentrarci un attimo sul problema?» Le giunse di nuovo quel fruscio.

Si sta svestendo? Linda ricordò il suo corpo nudo, e si sentì invadere dal calore. Concentrati. «Ah, certo. Uhm, quali sono le alternative?»

«Un completo giacca e pantaloni, color antracite, con la camicetta bianca... oppure grigia. La grigia è più scollata. Mhmm, oppure potrei mettere i pantaloni del completo e un maglione di lana bordeaux. Non lo so proprio».

Linda sorrise. Era la quinta serata di fila che parlavano al telefono. Inizialmente, quando Christina le aveva detto che quella sera sarebbe stata troppo impegnata per chiamarla, si era impensierita. Ma ora che erano al telefono, il piacere era quello di una calda pioggia estiva. Christina pareva molto più rilassata, rispetto alla prima volta. «Mi sembrano tutte opzioni valide. Perché non metti il maglione? Farà freddo quando uscirai dal teatro».

«Hai ragione. Aspetta». Un crepitio, e dall'altra parte calò il silenzio. Dopo un'attesa infinita, Christina tornò a parlare con tono un po' affannato: «Okay, fatto».

«Ebbene?» chiese Linda. «Ti piace come stai?»

«Sì. Mi sa che hai ragione. Gelerei con la camicetta».

«Cosa vai a vedere?»

«Eh?»

«Quale musical?»

«Oh, *Shadowland*».

«Ah». Linda si strofinò il collo. «Non lo conosco».

«Silvia dice che è bellissimo».

«Silvia è tua sorella?»

«Sì, la piccola». La voce di Christina iniziava a rimbombare un po'. Doveva essersi spostata in bagno.

«Quanti anni ha in meno di te?»

«Uno e mezzo, mentre Astrid ne ha quasi quattro in più».

«Dev'essere bello avere delle sorelle» mormorò Linda.

Dopo qualche istante, Christina le chiese, in tono serio: «Tu sei figlia unica, giusto?»

«Sì».

«Non riesco a immaginarlo. Dacché ricordi, loro ci sono sempre state. Senza di loro… non lo so. Non sarebbe la stessa cosa». Linda sussultò al suono squillante di un campanello. «È Silvia. Giusto in tempo. Grazie dell'aiuto. Sei la mia salvezza… sia che si tratti di compiti che di vestiti».

«È un piacere. Buona serata».

«Grazie, anche a te. Ciao».

«A presto». Linda terminò la chiamata e rimase a osservare la cornetta. Si erano parlate per pochi minuti, ma il suo umore era migliorato del cento percento. Sospirò. Christina era proprio speciale.

———— ≈≈≈ ————

Christina si buttò a letto col telefono in mano. I compiti erano fatti, la cena consumata, e l'altra linea staccata. Per una sera, si sarebbe concessa il lusso di non lavorare. Compose rapidamente il numero di Linda. Il cuore le batteva come un tamburo; le capitava tutti i giorni da due settimane.

«Klemens».

«Ciao. Disturbo?»

«Mai» disse Linda. «Come stai? Com'è andata oggi?»

«Niente lezione di matematica. Il che vuol dire: giornata fantastica. E tu?»

«Più o meno il solito, direi».

«Più o meno?» Christina bevve un sorso di Coca Cola.

Linda rise. «Mi conosci fin troppo bene».

Christina si mise a pancia in giù, facendo cigolare il letto. «Tu dici?»

«Altroché».

«Linda?»

«Sì?»

«Non mi hai ancora risposto».

La donna rise di nuovo. «Non ti sfugge niente». Poi, più seria: «Non è niente, sono solo un po' preoccupata per un mio paziente».

«Ne vuoi parlare?»

«Vorrei, ma ho il segreto professionale».

Christina sbuffò. «Ma io non lo conosco, non so come si chiama né che aspetto abbia».

Linda tacque per qualche secondo. «Sono anni che soffre di depressione» disse infine. «A volte migliora, ma non dura mai a lungo. Nelle ultime settimane sembra essersi chiuso in se stesso. Rifiuta di prendere i farmaci. Se la settimana prossima non lo trovo migliorato, gli chiederò di farsi ricoverare».

«In psichiatria?»

«Sì».

«Non puoi farlo ricoverare tu?»

«No» disse Linda. «Sono psicologa, non psichiatra».

«Ah, ecco».

«Basta parlare di lavoro. Non mi racconti mai di te».

Christina si irrigidì. Era così evidente? «Non c'è molto da dire».

«Non voglio farti il terzo grado. E puoi dirmelo se tocco argomenti di cui non vuoi parlare».

«Ma?» Christina si raddrizzò e si appoggiò alla spalliera del letto.

«Ti posso fare qualche domanda?»

Christina esitò. Si conoscevano appena. *Non è quello il motivo, e tu lo sai benissimo.* Nutriva per Linda sentimenti contrastanti. Da un certo punto di vista, la donna era una... Christina deglutì. Era stata una cliente. *Non l'hai mai considerata tale. Puoi mentire al mondo intero, ma non a te stessa.* Linda le piaceva. Le piaceva un sacco. Ma confidarsi con lei avrebbe solo portato problemi. Le relazioni causavano dolore. Era sempre stato così, e quella storia non aveva futuro. Aveva sbagliato a chiamarla dopo aver ricevuto la lettera. Già. Meglio tagliare i ponti subito, piuttosto che...

«Non importa se non vuoi parlare di te. Davvero».

In mezzo secondo netto, la voce dolce di Linda minò la sua determinazione. «Uhm, cosa vorresti sapere?» chiese Christina.

«Qual è il tuo colore preferito?»

«Come?»

«Il tuo colore preferito».

«Oh». Tutto lì? «Uhm, rosso. Bordeaux. E il tuo?»

«Nero».

A Christina venne da ridere. «Il nero non è un colore».

«Sì invece. Sennò non potremmo vederlo».

«Infatti se è buio non lo vedi».

«Se è buio, non ne vedi nessuno».

Christina alzò gli occhi al cielo. «Mi arrendo. Altre domande?»

«Come mai stai studiando adesso per l'Abitur?»

«Wow, questa sì che è una domanda audace».

«Non vuoi parlare dei colori... cosa rimane?» Christina rise. «Sei incorreggibile, lo sai?»

«A dire il vero, sei la prima che me lo dice».

Christina sentì qualcosa frantumarsi, come uno sgranocchiare. «Cosa stai mangiando?»

«Patatine» rispose Linda con la bocca piena. «Ogni tanto uno se le merita». Seguì il suono di un'altra patatina sgranocchiata.

«Dopo l'Hauptschule, non ho seguito corsi di formazione. Ho iniziato a lavorare in una fabbrica di dolci, che poi è fallita e mi ha lasciata a piedi. Non avendo alcuna preparazione specifica, non riuscivo a trovare lavoro – c'erano tanti altri disoccupati con diplomi migliori. E così, il consulente mi ha detto di tornare a scuola e prendere l'Abitur. Fine della storia». Christina trattenne il fiato. Finalmente l'aveva ammesso: non aveva né una laurea né una preparazione specifica. Come avrebbe reagito Linda?

«Ti ammiro un sacco. Non sono in molti quelli disposti a rimboccarsi le maniche. Non ti danno sussidi di disoccupazione, vero?»

Mi ammira? Aveva sentito bene? Non pensava che fosse da sfigati? «No, e sono troppo vecchia per ricevere borse di studio statali. È per questo che lavoro... alla linea erotica».

«Capisco». Dopo una pausa, Linda aggiunse: «Non dev'essere semplice».

Christina scrollò le spalle. «All'inizio è stata dura. Ma poi ho imparato a spegnere il cervello. E da allora, lo vedo come un sistema per fare soldi facili».

Silenzio.

Christina chiuse gli occhi. «Pensi che sia una cattiva persona perché...»

«Cosa? No... Dio, no».

Lentamente, li riaprì. «E allora?»

«Non penso che io ci riuscirei. Tutto qui. Ti rispetto e ti ammiro per questo desiderio di prendere un diploma migliore e perché sei pronta a fare cose... uhm... poco piacevoli, pur di raggiungere l'obiettivo».

Dice sul serio. Christina non se l'aspettava. Finora, tutti i suoi amici le avevano dato della pazza quando aveva annunciato di voler tornare a scuola. «La cosa peggiore è che dormo poco. Di giorno ho la scuola e di notte il lavoro. È stancante».

«Me lo immagino» disse Linda.

«Ma non ho alternative. Comunque... parliamo di te. Perché hai scelto di diventare psicologa? Perché non medico, o avvocato?»

Linda rise. «Il sangue mi fa senso, e i manuali di legge non mi sembrano molto avvincenti». Si fece seria. «Mia madre era psicologa».

«Oh. Volevi seguire il suo esempio?»

«Lei voleva che decidessi liberamente. Ma io volevo essere come lei. Mio padre era avvocato, ma l'idea non mi attirava granché».

«Cos'è che ti intriga della psicologia?»

«Le persone».

«Le persone?»

«Sì. Quello che pensano, quello che provano. Ogni essere umano rappresenta un mistero, un mistero che non verrà mai risolto per intero. Capisci che cosa intendo?»

«Non ci avevo mai pensato in questi termini. Però sì, capisco».

«Okay, parliamo di cose serie». Dall'altro capo della linea le giunse il crepitio del sacchetto di patatine.

«Ossia?»

«Hai detto che lavoravi in una fabbrica di dolci... quindi te la cavi in cucina? Io ho un debole per le cheesecake».

Christina scoppiò a ridere. Linda era davvero incorreggibile.

Sbadigliando, Linda guardò l'orologio sulla parete del salotto. Era al telefono da più di quattro ore. Conversare con Christina era tutto fuorché noioso. Nell'ultimo mese avevano parlato quasi tutti i giorni, senza mai esaurire gli argomenti. Ma ora era passata l'una del mattino, e lei aveva la sveglia alle sei. «Mi sa che devo andare a nanna. Domani ho una seduta alle sette».

Christina rimase zitta un istante, prima di rispondere: «Lavori troppo».

Linda si alzò in piedi e si sfregò gli occhi mentre si trascinava in cucina. «Anche tu».

«Non è la stessa cosa. Io devo solo ascoltare dei tizi che ansimano e recitare qualche frase di tanto in tanto. Tu devi concentrarti sui pensieri e le emozioni dei pazienti».

«Mi piace quello che faccio».

«Non ne dubito, ma forse potresti ridurre l'orario».

«A che pro?» Linda sorrise.

Dopo un lungo silenzio, Christina mormorò: «Venire a Colonia».

Linda stava per riempirsi il bicchiere d'acqua. Come al rallentatore, appoggiò la bottiglia «Dici sul serio?»

«Sì».

Linda sentì il cuore partirle al galoppo. «Quando?»

Christina ridacchiò.

«No, sul serio. Quando vuoi che venga?»

«Questo weekend mi sa che non fai più in tempo».

«Invece sì». Linda corse in ufficio. «Dammi un secondo. Accendo il computer, prenoto il volo e l'hotel. Ne hai uno da consigliarmi? Di hotel, intendo».

«Uhm, no. Non sono mai stata qui come turista».

«Giusto».

Qualche minuto dopo, aveva prenotato il volo e l'aereo. «Possiamo vederci sabato pomeriggio o sabato sera. Quando preferisci?»

«Tu quando arrivi?»

«Il volo atterra all'aeroporto Colonia-Bonn poco dopo le tre di pomeriggio».

«Vuoi che... vuoi che venga a prenderti?»

Linda stava per mettersi a saltare dalla gioia. Non riusciva a credere di avere tanta fortuna. «Se ti va. Mi farebbe piacere».

«Dammi il numero del volo e l'ora di arrivo. Ti aspetterò là».

Linda accavallò le gambe sul sedile. L'aereo sarebbe atterrato entro pochi minuti. Sebbene fossero scesi di quota, la terraferma continuava a sembrare lontanissima. Lontana quanto la sua vita prima di conoscere Christina. Non riusciva neanche più a ricordarla. Prima non parlava mai del suo lavoro; adesso invece lo faceva ogni sera. Christina le raccontava della scuola e, di tanto in tanto, della sua famiglia.

Non passava ora senza che Linda pensasse a lei, e a quanto sembrassero andare d'accordo. Tutto era tutto cambiato. Controllò l'orologio al polso e deglutì nervosamente. Mancava poco. Come si sarebbero salutate? Con una stretta di mano? Un abbraccio? Un bacio? Cosa c'era fra loro? Christina di tanto in tanto la chiamava "dolcezza", e a volte persino "bellissima". A parte questo, flirtavano in modo molto sottile e il dialogo restava su un livello platonico. Tutto ciò, però, al telefono. *Quando ci rivedremo dal vivo sarà diverso, giusto?*

Christina spostò il peso da una gamba all'altra. Linda stava per arrivare. Cosa sarebbe successo? Aveva fatto bene a invitarla lì? Domanda sciocca. Il desiderio per Linda cresceva di giorno in giorno. Sognava il suo tocco, il suo profumo, il suo sorriso. Eppure... *Non funzionerà mai.* Una volta in presenza una dell'altra, l'illusione d'intimità sbocciata tramite le telefonate si sarebbe dissolta. *Sì. È così che andrà.*

Le porte si aprirono, e cominciarono a uscire i primi passeggeri. Linda non c'era.

Christina si strofinò le mani ghiacciate. *Calma. Stai calma.* Ma il cuore impazzito non le dava retta.

E poi, d'un tratto, eccola lì. A passo incerto, Linda superò le porte automatiche, tirandosi dietro un piccolo trolley. Si voltò verso di lei e si bloccò come colpita da un fulmine. Lentamente, riprese a camminare e si fermò a circa un metro di distanza.

Christina sentiva un formicolio diffuso nel corpo, come fosse una calamita attratta dall'altra donna, ma resistette e rimase immobile.

«Ciao». A Linda tremava la voce.

«Ciao». Christina sospirò. *Al diavolo.* Fece un passo avanti e prese Linda fra le braccia.

Linda ricambiò la stretta.

Christina l'abbracciò forte per qualche secondo, prima di lasciarla andare con un sorriso. «Andiamo».

Linda annuì.

Senza parole, si avviarono verso il garage. Quando furono in vista della sua Ford Fiesta vecchia di sedici anni, Christina avrebbe voluto scavarsi una fossa e scomparire. Linda era abituata ad automobili di lusso. *Spero che parta.* Venendo lì, ci aveva messo quasi un minuto intero a mettere in moto il motore. Aprì le portiere, prese la valigia di Linda e riuscì ad aprire il cofano. Con un gemito di fatica, ci ficcò dentro il trolley, dopodiché chiuse lo sportello con quanta più forza possibile. Controllò che non si riaprisse, e fu lieta di constatare che per una volta si era chiuso al primo tentativo. Si affrettò verso le portiere.

Linda era già salita a bordo.

Quando Christina la vide con le lunghe gambe incastrate nel macinino, le ginocchia contro il cruscotto, fu tentata di mettersi a ridere – o a piangere. «Sposta indietro il sedile. C'è una leva sotto» disse invece.

Linda sollevò lo sguardo, le lanciò un sorriso che sembrava affettato, e il sedile scivolò all'indietro con un cigolio.

Adesso era fin troppo indietro.

«Forse se...»

Linda sollevò una mano. «No, non importa. Non è così, uhm, così scomodo. Davvero. Mi arrangio».

Christina sollevò le sopracciglia. Meglio darsi una mossa, o Linda sarebbe stata costretta a sedere in quel modo per ancora più tempo. Sedette al posto del conducente. L'auto sembrò oscillare un poco, ma lei la ignorò e mise in modo con la chiave d'accensione. Il motore si avviò senza problemi. Tirò un sospiro di sollievo. Finalmente gliene andava una dritta.

Il viaggio fino all'hotel trascorse nel silenzio. Christina non sapeva cosa dire, e Linda teneva gli occhi puntati sulle proprie ginocchia, come fosse ipnotizzata. Di tanto in tanto Christina la guardava, e a volte aveva l'impressione di percepire su di sé lo sguardo dell'altra. *Di' qualcosa. Coraggio. Di' qualcosa.* «Ehm, sembra carino, l'hotel che hai prenotato».

Linda si girò di scatto verso di lei. «Davvero?»

Non ne ho la più pallida idea. Volevo solo rompere il ghiaccio. No, questo meglio non dirlo. Christina tornò a guardare la strada di fronte. «Mhmm».

Una volta arrivate, prese la valigia dal cofano e la passò a Linda. *Meglio tagliare la corda. Per oggi ho già sparato abbastanza scempiaggini.* «Passo a prenderti alle sette, così hai tempo di darti una rinfrescata. Okay?»

Linda era ferma accanto all'auto, il trolley davanti a sé come uno scudo. Annuì.

«Se ti va, andrei in questo ristorante francese che si chiama *Le Patron*. Mi dicono che si mangia benissimo».

«Sì... sì, che mi va. Mi piace la cucina francese».

Mhmm, e non solo la cucina. Christina si riscosse. Dio, non ti distrarre. «Beh, d'accordo... allora ci vediamo dopo».

Vide la bocca di Linda attraversata da un fremito. «Certo. A dopo».

Christina si affrettò a risalire in auto e allontanarsi. Sperava che la serata andasse meglio.

Con la mano che tremava, Christina si spostò una ciocca di capelli dal viso mentre tendeva il collo per guardare nello specchietto retrovisore. Che fosse tutto un errore? Linda restava la donna che l'aveva pagata per fare sesso. E se fosse venuta fin lì per ottenere la stessa cosa gratis? *Forse non è coinvolta a livello emotivo... come lo sono io.* Christina scosse la testa. Linda non cercava solo sesso. Giusto? *Giusto.* E che male c'era ad andarci di nuovo a letto insieme? L'altra volta era stato incredibile. Christina si ritrovò a sorridere. Che situazione strana.

Sollevò lo sguardo quando sentì bussare al finestrino.

Linda era in piedi di fronte alla portiera sul lato passeggero.

Christina si allungò per aprirle lo sportello.

Con un sorriso timido, Linda si accomodò sul sedile e si lisciò con le mani la minigonna aderente.

Christina la trovava splendida. La gonna le arrivava sopra il ginocchio. Di solito, Linda non ne portava. *Se l'è messa per me.* Era tutto perfettamente abbinato – la camicetta di seta blu, le scarpe col mezzo tacco e la borsetta. Il trucco leggero metteva in risalto la sua bellezza naturale. Linda era bellissima.

Christina si ritrovò la bocca asciutta. Cercava di non fissarla, ma era difficile resistere.

«Buonasera».

Christina si sforzò di mandare giù la saliva. «Buonasera».

Linda trafficò con la gonna, dopodiché artigliò la borsetta con tanta forza che le dita sbiancarono.

Con un sospiro, Christina si voltò, avviò il motore e si immise nel traffico. Odiava la tensione improvvisa fra loro.

Linda si schiarì la voce. «Stai bene».

«Grazie, anche tu» rispose lei. Linda stava benissimo. Al semaforo rosso, Christina tornò a rimirarla di sottecchi. I loro sguardi si incontrarono.

Qualcuno dietro suonò il clacson.

Christina distolse lo sguardo e attraversò l'incrocio.

«Ti dona il tailleur» disse Linda.

Dio, che voce sensuale. Christina scrutò il proprio completo giacca e pantaloni. Non lo portava quasi mai, ma in questo caso non voleva vestire in modo troppo provocante. Era una cena fra amiche, non l'incipit di una nottata di sesso sfrenato. Christina deglutì. No, il sesso non era proprio previsto. Si ripromise di tenere gli occhi puntati sul viso di Linda, così da non concedersi altri pensieri.

«Sei già venuta in questo ristorante?» domandò Linda.

Christina sentì un brivido correrle lungo la schiena. *Okay, mi sa che anche parlarci insieme mi darà qualche problema.* Si riscosse al pensiero, divertita. «Direi proprio di no» disse con un sorriso.

«Cos'è che ti fa ridere?»

«Beh, questo posto è un po'... fuori mano, per me e per il mio portafogli. Ma è perfetto per i tuoi gusti raffinati».

Linda sembrò indispettirsi. «Non mi importa della cena. Mi importa della compagnia, non del numero di stelle del ristorante».

Christina serrò i denti. *Mi sa che ho fatto un autogol.*

«Cambiamo ristorante. Ce ne saranno altri ugualmente buoni e più economici».

Con un sospirone, Christina disse: «Ho già prenotato qui. E voglio portarti nel miglior locale di Colonia, non in un posto qualsiasi».

«Il prezzo alto non garantisce che il cibo sia eccellente».

Christina rimase zitta.

Linda fece schioccare la lingua. «Almeno lascia che paghi io».

«No». La risposta fu immediata, e più brusca di quanto Christina intendesse. «Stasera sei mia ospite».

Per qualche minuto regnò il silenzio.

Linda sembrava a disagio. Dopo un po', disse in tono serio: «Facciamo che ognuno paga per sé».

Nel frattempo erano arrivate al ristorante. Christina spense il motore e studiò la donna che le sedeva accanto. *Sa che non navigo nell'oro. Cerca solo di venirmi incontro. Piantala di leggerci cose che non esistono.* «D'accordo».

Nessuna delle due accennò a scendere dall'auto. Rimasero a fissarsi in silenzio. Christina non poteva ignorare la bellezza di Linda – i suoi occhi lucenti, le gambe lunghe e il seno florido. Sembrava perfetta dalla testa ai piedi. Ma era una bellezza che non si fermava alla superficie.

«Mi sei mancata» sussurrò Linda. Mentre parlava, allungò una mano per toccarle la guancia, ma si fermò a qualche centimetro di distanza. La riabbassò e se la portò in grembo.

Anche tu. Christina non lo disse ad alta voce. Stava accadendo tutto troppo in fretta. Le afferrò la mano, invece, e se la portò alla guancia. Il calore che irradiava sembrò avvolgerle il corpo intero. Quanto le era mancato. Per un pelo non finì col chiudere gli occhi. «Andiamo dentro».

Linda annuì, ed entrambe scesero dalla macchina.

Christina chiuse l'auto e la raggiunse. In piedi, Linda appariva ancora più attraente. *Occhi puntati sul viso. Sul viso.* Ma accidenti, anche il viso era irresistibile, col sorriso dolce e lo sguardo timido. Christina le porse il braccio, e Linda lo accettò con un movimento aggraziato. Una accanto all'altra, entrarono nel ristorante.

Il loro tavolo era situato al centro della sala. Intorno c'erano numerosi clienti: ma se quelli, per la maggior parte, conducevano animate conversazioni, Linda e Christina restarono in silenzio. Dopo aver ordinato ciascuna un bicchiere di vino, studiarono i menù.

A Christina scappò da ridere.

«Cosa c'è?» chiese Linda, che evidentemente la stava tenendo d'occhio.

Christina scosse la testa. «Mi è di nuovo passata la fame. È sempre così quando ceniamo insieme».

Linda iniziò a ridere; piano, all'inizio, ma poi in modo più fragoroso, finché i clienti più vicini non si girarono a guardarla. «È passata anche a me».

Entrambe continuarono a ridere fino ad avere le lacrime agli occhi.

Ma quando la risata si spense, tornò a regnare il silenzio.

Oh, andiamo. È Linda. Volevamo passare una bella serata insieme. Non è così difficile scambiarci qualche parola. Se non foste qui, bensì a casa al telefono, parlereste fino a scaricare le batterie del cordless o fino ad addormentarvi. Ma per quanto si sforzasse, dalla bocca non le usciva neanche mezza parola.

Dopo aver ordinato, Linda bevve un lungo sorso del vino rosso di cui il cameriere le aveva riempito il bicchiere, e lentamente riappoggiò il calice. «È curioso. Quando esplodono i sentimenti, uno non riesce più a formulare un pensiero logico».

Christina la scrutò senza parole. *Vuole parlare di sentimenti?* «Che cosa provi?»

«Per te?»

Christina aveva il cuore in gola. Era pronta a sentire la risposta? Ma che importava. Ormai non c'era ritorno. Annuì.

«Tu ci credi nell'amore a prima vista?» le chiese Linda a bassa voce.

Ah. Come le era venuto in mente? Christina trattenne il fiato. Era amore, quello che provava Linda? Ti prego, ti prego, ti prego. Christina inspirò a fondo e la guardò negli occhi. «Tu ci credi?»

Linda abbassò lo sguardo e si appoggiò allo schienale. Quindi tornò a osservarla con un mezzo sorriso sulle labbra. «Da psicologa, dovrei rispondere di no».

Dovrei? Christina si costrinse a deglutire.

Linda si sporse in avanti. «Mi sono innamorata di te la prima volta che ti ho vista». Le afferrò una mano gelida. «Ma l'attrazione era già scattata quando ho sentito la tua voce normale. Quella primissima sera, prima ancora di sapere... quanto fossi straordinaria».

Christina la fissava inebetita. Il cuore batteva all'impazzata, e la mente era una tavola bianca.

«Non mi aspetto niente da te. Mi basta anche solo esserti amica». Con dita tremanti, Linda accarezzò la sua mano inerme. «E se anche tu provi lo stesso, non ti farò pressioni. Voglio che sia tu a dettare le regole».

Christina alzò gli occhi al cielo e disse la prima cosa che le passava per la mente: «Oh, grazie, tu sì che sai come tranquillizzarmi».

Linda le lanciò un sorriso, e lei la imitò.

Dopo un po', però, tornò seria. Scostò la mano e se la mise in grembo. «Non so cosa sia questa cosa che c'è fra noi, e non so se possiamo avere un futuro... se possiamo essere qualcosa di più che amiche». Christina scosse la testa. «Veniamo da mondi diversissimi. Per non parlare delle circostanze in cui ci siamo conosciute».

Linda sollevò il mento e disse, con orgoglio: «Non mi importa del passato, o di come siamo arrivate a questo punto. Adesso siamo qui. È l'unica cosa che conta».

Silenzio.

Quando apparve il cameriere, Christina sussultò. Lo guardò servire le pietanze prima di sparire di nuovo.

Mangiarono in silenzio; gli unici suoni erano il tintinnio delle posate sui piatti e i mormorii delle conversazioni ai tavoli intorno.

Christina continuava a guardare Linda, che fissava il proprio piatto come se fosse un rompicapo che la intrigava. Era il momento della verità. Era lei a dettare le regole. Linda le aveva detto a chiare lettere cosa provava e cosa desiderava. *Ma io che cosa voglio?* Aveva trentun anni. Era il caso di imbarcarsi in questa avventura, come un'adolescente alle prese con la prima cotta?

Avventura? No, Linda non voleva un'avventura. *Mi sta parlando d'amore, di sentimenti profondi.* Nelle ultime settimane avevano iniziato a conoscersi. Linda non era tipo da buttarsi a capofitto nelle cose senza rifletterci bene. E tuttavia... se non avesse funzionato? *Ma io provo la stessa cosa?* Non aveva ancora finito di formulare la domanda che già sapeva la risposta. Nessun dubbio. Era innamorata anche lei, come mai le era capitato. «Paghiamo e usciamo di qui».

Linda sbatté le palpebre. «E poi?»

«E poi voglio che passi la notte con me».

Linda sgranò gli occhi. Per un istante infinito rimase immobile, finché non sollevò la mano come un automa.

Quando arrivò il cameriere, Linda frugò nella borsetta e gli diede qualche banconota. Poi si alzò in piedi, prese la mano di Christina e la trascinò fuori dal ristorante.

Linda sentiva il cuore battere forte. A ogni passo le pareva di camminare sulle nuvole. Fuori, fu investita dall'aria fresca. Era piacevole. Meraviglioso. Era tutto meraviglioso. Christina aveva deciso di dar loro una possibilità. Il suo coraggio era stato premiato. Quando raggiunsero la macchina, si fermò e attirò Christina a sé. Doveva dirlo subito, o sarebbe esplosa. «Lo so che sembra folle, ma ti amo».

Christina le lanciò un sorriso da orecchio a orecchio. «Non sembra solo, lo è davvero. Ma ti amo anch'io».

I volti si avvicinarono, finché le labbra non si unirono in un bacio dolce. Era perfetto. Linda voleva non finisse mai.

Quando le squillò il cellulare, Christina lo ignorò.

«Non vuoi rispondere? Potrebbe essere importante» disse Linda.

Christina scosse la testa. «La tua chiamata era importante». Sorrise e si sfilò il cellulare dalla borsa. Stava ancora suonando. Lo spense e lo rimise via. «Chiunque fosse, può aspettare domani. O dopodomani». Guidò Linda verso l'automobile. «Andiamo. Ho progetti per la serata».

L'autrice

Alison scrive da quando aveva dieci anni. I primi componimenti erano poesie e racconti; a undici anni arrivò la prima opera simil-romanzo: era una fanfiction di *Star Trek: The Next Generation*.

Quando non scrive, le piace trascorrere il tempo libero con gli amici. È vegetariana, e adora cucinare e preparare dolci. Quando le avanza del tempo, ne approfitta per leggere libri di storia, scienze sociali e politiche.

PER CONTATTARLA:
Sito Web: www.alison-grey.com
E-Mail: Alison-Grey@web.de

Hot Line
© 2015 Alison Grey

ISBN: 978-3-95533-605-9

Edizione italiana a cura di Ylva Verlag

Ylva Verlag, e.Kfr.
Am Kirschgarten 2
65830 Kriftel
Germany

www.ylva-publishing.com

Inizialmente pubblicato in Germania col titolo *Richtig verbunden* da Ylva Verlag, e.Kfr.
Prima edizione inglese (Ylva Publishing) Febbraio 2013
Prima edizione italiana (Ylva Verlag) Dicembre 2015

Crediti
Traduzione di Martina Nealli
Editing a cura di Sandra Gerth, Lyra & Ela
Cover design a cura di Streetlight Graphics